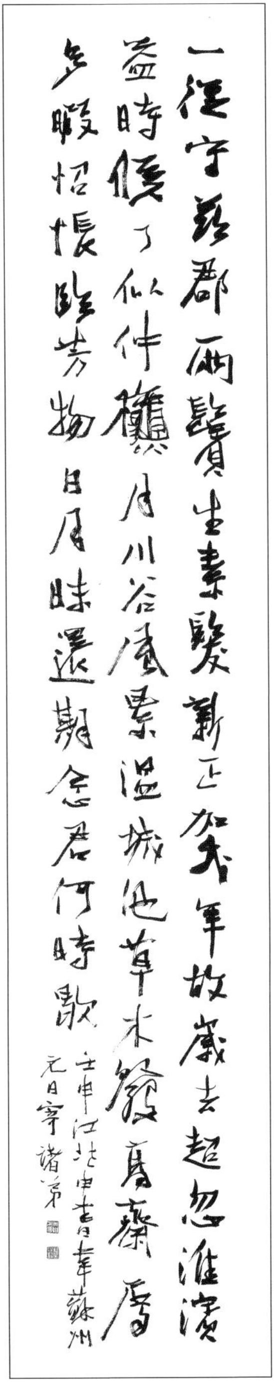

江兆申老師贈字

臺靜農先生寫字

拜訪陳香梅的華盛頓城中屋（上）
與韓秀、Jeff 伉儷於華盛頓畫展開幕（下）

記錄江兆申老師寫字、刻印（張良綱攝影）

江兆申老師剛完成精彩冊頁的愉悅神情（張良綱攝影）

吉諒同學：二月廿三日及三月五日前後兩封來信都收到了，謝謝你。你的文筆很好，娓娓道來，嘉南平原的野色，台北街巷的雨景，似乎都捉來紙上，不禁令我臨風懷念那美麗的島嶼來了。

我想像你大概在南部某中學畢業，現在考上了台北某大學（台大？），嘗到初客台北的淡淡鄉愁，更提高了对人生和文學的領悟。少年的這一段日子是可愛、可羨的。几乎是三十年前，我也經過。

你在信中說，你喜欢「高速的联想」一文；我自己

香港中文大學聯合書院
香港般咸道

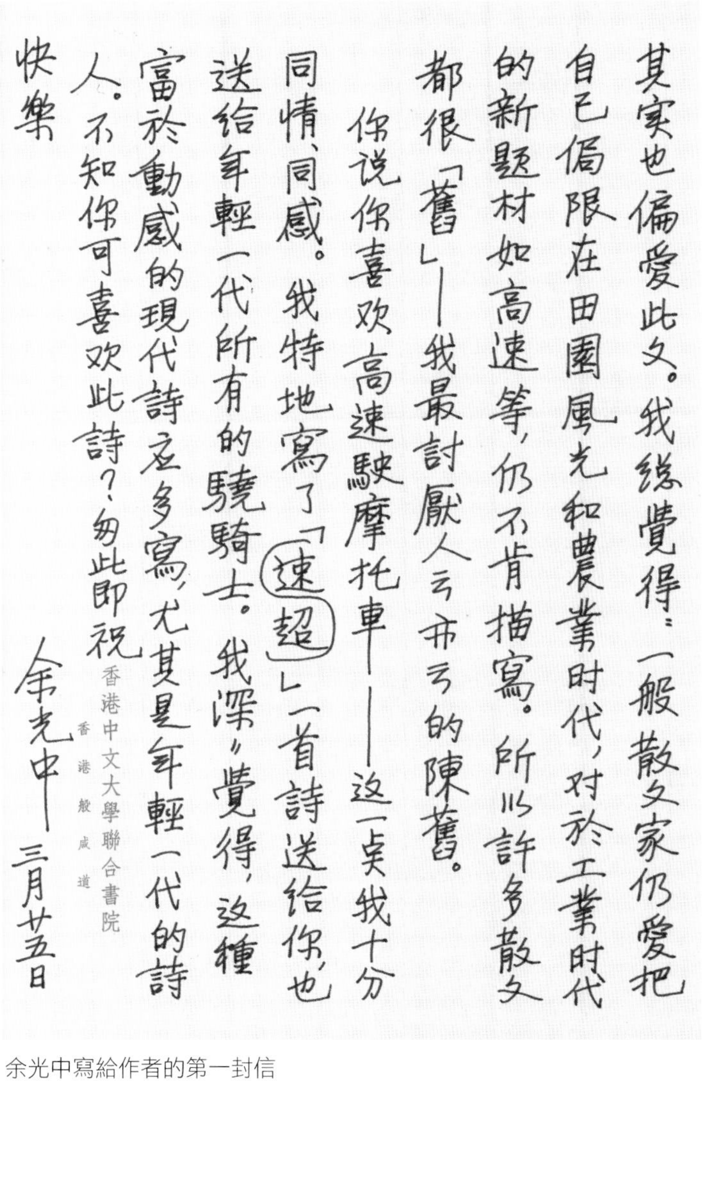

其实也偏愛此文。我總覺得：一般散文家仍愛把自己侷限在田園風光和農業时代，对於工業时代的新題材如高速等，仍不肯描寫。所以許多散文都很「舊」——我最討厭人云亦云的陳舊。

你説你喜欢高速駛摩托車——这一点我十分同情，同感。我特地寫了「速超」一首詩送給你，也送給年輕一代所有的驍騎士。我深深覺得，这種富於動感的現代詩应多寫，尤其是年輕一代的詩人。不知你可喜欢此詩？匆此即祝

快樂

余光中

三月廿五日

香港中文大學聯合書院
香港般咸道

余光中寫給作者的第一封信

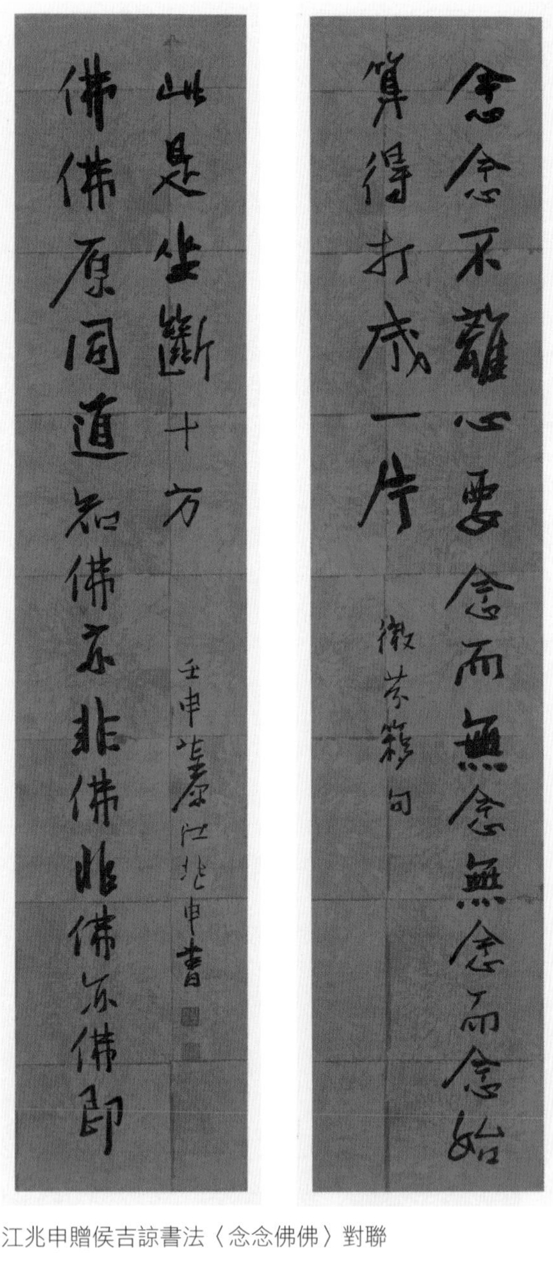

江兆申贈侯吉諒書法〈念念佛佛〉對聯

侯吉諒

筆花盛開

詩酒書畫的年華

序
很多文藝故事

這是一本有很多故事的散文集，書中記錄了許多我所認識的文壇前輩的故事，這些故事中，有的在當時並不覺得有什麼特別的地方，但經過一段時間（通常是二、三十年）之後，當時貌似正常、自然的一切人事，都有了清晰的意義——是這些故事，成為我生命中諸多不平凡的經歷，並在我尚未清楚察覺的情況下，形塑了我的生活目標、觀念與價值觀。

當然也有許多故事當時我就知道意義重大的，例如因為余光中先生第一次寫信給我，就寫了一首詩送我，使我後來理所當然的為詩的創作廢寢忘食；因為洛夫的悉心教導，所以讓我的詩藝突飛猛進，並且在大四那年得到時報文學獎，終而使創作成為我人生追求的方向。

再例如我幾乎在沒有任何人際關係的情況下，得以拜識臺靜農、江兆申兩位臺灣書畫的泰斗，更成為江兆申先生的門徒，這些種種，如同二〇〇一年余光中為我的詩集《交響詩》題記中所說：

侯吉諒早年曾經問詩於我，後來又得親炙洛夫與江兆申，在詩藝、書法、畫風各方面皆有進境，令人刮目。

年輕時的我常常覺得，自己就像金庸武俠小說中的人物，因緣際會學習到諸多當代絕世高手的本領，而這樣的因緣際會，似乎很少有人有相同的經歷。

這些特殊的經歷讓我成為現在的我，就好像練字的過程一樣，練習過諸多經典書法之後，各家的長處逐漸匯集起來，而成為我寫字的風格。

所以，更多年輕時就認識的文藝界前輩的身影、言行，多年來一直以更清晰、有意義的角度在我心中浮現，而後才終於懂得這些故事背後的深意。

一九七〇、八〇年代，我這一輩的年輕創作者都剛剛踏出創作的第一步，而老一輩的文人、書畫家都還在，都是最受景仰、推崇時候。我們都受到他們的影響，當時卻未曾想到，他們言行所散發出來的丰采和風範，再過十幾二十年就會消失了，當時的年輕人根本不可能意識到，那是他們領略老輩風範的最後機會了。而後來的年輕人，能懂得老一輩丰采的人，恐怕也愈來愈少了。

在和這些前輩交往的過程中，我學習到的不只是「看見」他們的成就，更體會到他們一言一行所展現的極為美麗的文化風景，這樣的文化風景，值得分享，也值得花時間理解，因為那裡面有太多值得學習的地方。

更期待，這樣的故事可以帶給讀者諸多閱讀的樂趣。

目次

輯一　文人寫字

輯二　書為心畫

輯三　文藝時代

輯一

文人寫字

臺靜農先生印象

一九八七年十月二十六日，我和同事、小說家蘇偉貞以《聯合報》副刊編輯的身分，到溫州街十八巷臺靜農先生的舊寓拜訪，終於有機會一瞻書法大師的丰采，並親眼看到他的揮毫示範。

一般書法家都會重視筆墨紙硯的精良。什麼樣的筆、適應什麼樣的紙，以及寫什麼樣的字，影響所及，有時甚至會決定一幅作品的成功與否。而墨硯是否配合得體，的確也會影響墨液的品質，於行筆是否順暢，紙的吸墨是否恰好，關係甚大。但熟悉臺老的人，大都知道他向來不講究這些，就我當日所見，也確係如此。

臺老知道我也喜歡寫字，偉貞又在他面前問我：「你不是想看臺老寫字嗎？」臺老本來正說著些讀書雜感，聽到我想看他揮毫，也就欣然鋪紙命筆了。

紙是從書堆內抽出來的，折痕深淺縱橫，有厚有薄；墨是早已盛在硯中，不知是用墨條所磨，還是市售瓶裝墨汁倒出來的；筆則是長鋒羊毫，因為鋒身稍長，所以較為特別，但也不似是什麼昂貴的名筆，我看到的筆架上的幾支，大致相同。臺老用一柄長刀將紙大致裁成四開長條，用壓克力紙鎮壓住右上角，問我：「喜歡寫些什麼？」

我因為沒有思想準備，加上心裡又是興奮、又是緊張，腦中實在一片空白，臺老便取出了一本宋人詩詞，選了一則與酒有關的七絕：「人生當復幾兩屐，我飲寧須三百杯；破硯猶堪磨老境，醉拈椽筆掃霜煤。」後來，臺老又寫了一幅他自己的養生之道：「不養生而壽，處濁世亦僊。」

那天臺老寫得甚是隨意，不時還要停下筆來，回答偉貞的問話，有幾個字甚至分兩次才寫完，這和我自己寫字時務求環境安靜、嚴肅以赴的情況簡直不可同日而語，但臺老一個字一個字寫下來卻又行氣連貫，絲毫不見頓礙。

臺靜農寫字

臺老寫字善用偏鋒，起筆與轉折之處稜角特別銳利，這和他精研過晚明倪鴻寶的字很有關係。臺老的字形及其轉折，確脫胎於倪鴻寶筆走偏鋒、狂冷老辣的路子，但是臺老的點、畫、運筆卻更為變化多端，筆畫較長的撇、捺、橫、豎，經常開闔吞吐，在不快不慢的一筆之間，便蘊含多種力度的變化，墨跡彷彿虬結抖動，筆勢却隨著一定的方向寫去。一個字寫完後，看似運筆甚快的連筆之處，其實頓挫有致，而像水旁三點有時飛快點落，竹字頭則起筆緩澀，到了最後向右上一挑，順勢往左下一短撇的二筆，又迅速非常。經此目睹，我才稍稍了解臺老的運筆與行氣。

在現場看得一清二楚，可是回到家裡自己提筆臨摹，卻又似乎忘得一乾二淨。但閉目仔細回想，臺老一舉一動又如在眼前，至此我才終於領會到，書法中有關「功力」、「風格」者，實有對比分析、機械式訓練之類所無法企及和表達的。

臺老除了行書之外，亦兼長漢隸，從《靜農書藝集》（華正書局，一九八五年二月）中所收作品及〈序〉所云：「初學隸書《華山碑》及鄧石如，楷行則顏魯公〈痲姑仙壇記〉及〈爭座位〉」，這明顯地揭示了臺老書法中一些點、筆、結構，來自何處、源自何方；但這些其來有自的筆法，經過臺老的有機融合，早已產生自己的生命力，這對研求書法的人來說，已經是無時不想望、而又不敢奢望的境界了。

因此，我苦思數日，終於打電話給臺老，斗膽求他「教」我寫字。臺老聞言一笑，謙說他「從來不敢教人寫字，也不會教，教寫字的人，另有一套嚴格的系統」。但又細細垂問我練了哪些字，並歡迎我「等搬好家後過來坐坐」。

那時候，臺老所住的日式舊寓因臺大有教職員宿舍改建計畫，臺老正忙著整理藏書，準備搬家，他還說：「不要急，寫字是一輩子的事，我再過兩個星期就搬好，你就可以來了。」

臺老八十三歲出版《靜農書藝集》時，自序中又說到「時我有自喜者，亦分贈諸少年，相與欣悅，以之為樂」，後來雖然「外界知者甚多，而求索者亦眾，斯又如顏之推所云：『常為人所役使，更覺為累。』而不再『請者無不應』」，但我與他不過一面之緣，卻不嫌冒昧，言語委婉，長者之儀，果真教人如沐春風。蔣勳在〈墨的斑爛與筆的虬結——書法之美與靜農先生〉的文章中說：「書法以藝術視之，大概還只是門外的徘徊，在書法中見人品，見風度，見情操，見懷抱，才真正是中國書法不可言喻的境界吧！」我想，也只有站在這一高度，才能體會臺老書法所綻放出來的風貌與光華。

臺老早年身處戰亂動盪的時代，在北大時與魯迅頗有交誼，所行所思，無不以知識報國為先，因而「視書藝為玩物喪志」。來臺後，「教學讀書之餘，每感鬱結，意不能靜，惟弄毫墨以自排遣」，這和他耿介的個性不無關係。他教書半世紀，桃李滿天下，是學生極愛親近的長輩。但我拜讀他的文章，細觀他的書法，卻總有一種「江湖寥落爾安歸」的孤寂感，我不知道為什麼總有那種感覺。

有一次，臺先生在電話中問我寫小楷懸不懸腕，我說：「精神好的時候就懸，精神不好的時候就偷懶了。」沒想到臺先生突然嘆了一口氣，說：「我年紀大了，體力差了，現在幾乎都不懸腕了。」

我在電話這頭聽得難受，正不知如何回答，臺老卻又笑了：「哎呀，沒有好字寫很難受的！」

我總時常想起臺老那間古意盎然的書房，想起他鋪紙寫字的神情，想起他電話中談寫字的感慨，心中充滿許多複雜的感情。

在讀了他的書、臨摹了他的書跡的時候，每每就越發了解，林文月女士在〈臺先生和他的書房〉一文中，提到一個初冬的黃昏，林女士去看他，「臺先生正一個人在薄暮的書房飲酒消遣」，那時，臺先生的多年知交莊嚴先生剛逝世，為什麼林女士會這樣寫了：「我沒有多說話，靜靜聆聽他回憶他和亡友在大陸及臺北的一些瑣細往事。彷彿還記得他把桌面的花生皮撥開，畫出北平故居的圖形給我看。冬陽吝嗇，天很快就暗下來。臺先生把桌燈點亮，又同我談了一些話。後來，我說要回家，他也沒有留我，卻走下玄關送我到門口，並看我發動引擎開車走。我慢速開出溫州街巷口，右轉彎到和平東路與新生南路的交叉處，正趕上紅燈，便煞車等候號誌指示，一時無所事事，淚水竟控制不住地突然沿著雙頰流下來……」

沒有好字寫，的確令人難過。臺老在一九八五年元月發表的〈我與書藝〉中自敘：「三年前被邀舉行一次字展，友人就要為我印一專集，雖然覺得能印出也好，卻想寫幾幅自以為還可的給人家看看，拖延至今，竟寫不出較為滿意的。適有港友贈以丈二宣紙，如此巨幅，從未寫過，實怯於下筆。轉思此紙既歸我有，與其久藏汙損，不如豁出去罷。於是奮筆濡墨，居然揮灑自如，所幸爾時門鈴未響，電話無聲，不然，那就洩氣了。這幅字帶給我的喜悅，不是字的本身，而是年過八十，腕力還能用……」

如今看來，書家如臺老，而有「沒有好字寫」之嘆，豈是尋常之語！

陳香梅傳奇

年輕的時候從事寫作和編輯，因而認識了不少文壇前輩和傳奇人物，當時覺得理所當然，後來才知道那是多麼難得的際遇。

西元二〇〇〇年左右，我開始經營未來書城，因為是新的出版社，要打出知名度就得要找到一些重量級的作家出版他們的著作。好幾位前輩名家如洛夫、董橋、李家同都給了我他們的新作出版，所以未來書城一開始經營就非常順利。

後來，有機會出版陳香梅的回憶錄，堪稱當時出版的一大亮點。

二〇一八年時陳香梅以高齡九十四歲去世，她是半世紀以來在美國政壇最有影響力的華人，除了她是「飛虎隊」創辦人陳納德將軍的夫人這樣的身分之外，她過人的才華和智慧更是她長年立足美國政壇的主要原因。

陳香梅和其他政治人物不同的地方在於她非常勤於寫作，她的著作體裁多樣，小說、詩、散文乃至政論性文章，無所不及。其中又以一九六二年問世的《一千個春天》最著名，講述她與美國飛虎隊將軍陳納德的十年婚戀故事，在《紐約時報》十大暢銷書榜長達六個月之久，前後印刷了二十三次並被譯為多國文字出版。

陳香梅在臺出版最為暢銷的則屬一九七八年在《中國時報》人間副刊刊載的回憶錄所集結出版的《往事知多少》，前後十年共出了二十多版，另一本由時報出版的《留雲借月》，亦為當年暢銷書。她把全部版稅收入捐助成立「中國時報陳香梅文學獎」，當時的《中國時報》董事長余紀忠亦出相等基金，每年頒發陳香梅文學獎，資助青年作家達十五年之久。

一九八二年，我以長詩〈風塵中的俠骨〉獲得第五屆時報文學獎現代詩優等獎，頒獎典禮也同時頒發陳香梅文學獎，當時陳香梅親自回臺頒獎，因而有緣認識。當時我只是一個正在服役的毛頭小子，除了傻笑之外，實在沒有可以和陳香梅對話的可能。

但後來我向她邀稿的時候，至少可以有這麼一段「話題」可說，她大概也覺得驚奇，居然就答應給我她的新書，而且一出就出了兩本。陳香梅深得美國八位總統的信任而被委以重任，參與和見證了眾多重大歷史時刻。她給我出版的書，正是她一生精彩的回顧。

從幫她出書開始，陳香梅每次回臺總是要約我見面，二〇〇四年我去華盛頓展覽、演講的時候，她頻頻出現在我活動的場合，讓許多人都非常驚異「那個侯吉諒到底是誰」。

二〇〇四年去美國展覽是作家韓秀的提議，本來只是一個單純的展覽，後來有些單位主動加入協辦，又安排了國務院、馬里蘭大學、中文作家協會的演講，事情一下子變得多得不得了。本來華盛頓展覽完，還要去紐約的一所大學短期教學，但後來韓秀聽說學校竟然不打算支付酬勞，就主張不要去那種「欺負人」的學校，所以取消了紐約的教學行程。

剛到華盛頓的那天住在韓秀家，後來都住在作家協會祕書長歐陽瓊那裡，每天從早到晚都有人來接我到處參觀，尤其是龔則蘊、劉滄浪，幾乎是天天見面。

國務院現場來賓合照（上）；與陳香梅於會上合影（下）

龔則蘊負責了我所有演講的現場翻譯，她學養豐富、美麗大方，嫻熟文藝，自己就是作家，所以翻譯我的演講完全駕輕就熟。她和歐陽瓊兩人隨時都在我身邊，免得有外國人要來找我講話的時候無法回答。演講後，主辦方招待我在國務院餐廳吃飯，見識到了電影、影集中看過的那種非常傳奇、專業的侍者。因為歐陽瓊和龔則蘊還要上班工作，所以其他的時間就是劉滄浪來帶我。

劉滄浪是他去美國讀書、工作幾十年以後，第一次回臺灣時認識的。二〇二〇年初，有人在臉書上貼出了我的畫作，我一眼就認出那是劉滄浪收藏的一件小品，所以就留言回應了，一來一去，才知道原來貼文的是劉滄浪的太太。後來他留言提到去看陳香梅的事，因此請他完整敘述他的見聞，滄浪兄說：

> 最早在網路上看到侯吉諒的水墨畫就被那股清新的山水畫吸引，明明是國畫但跟傳統的不同，是文人畫，是今天的知識分子掌握了傳統的水墨技巧，注入了新的生命。

後來到未來書城見了面才發現他竟然是我中興大學同學，學的是科學，喜歡的是文學，新詩，會畫畫，又是我喜歡的山水畫，但跟我父親那一輩科班出身的傳統國畫不一樣，我喜歡新的。

買了他的巴斯蘭溪，有立體感，有氣勢，有淙淙的水聲，這是才氣，又買了他另一幅更大更深的一潭山中湖水。對藝術家最好的讚賞就是買他們的作品。

真巧，剛剛在臺北認識了侯吉諒，第二年他就來華盛頓DC開畫展，到美國國務院去演講，中國的書畫。

既然來了華盛頓DC，我很願意帶領他到處看看。

結果話說得太早，原來欣賞他作品的人很多，令我驚異的是陳香梅跟她在佛羅里達大學教書的女兒都是侯的粉絲。

我在讀花蓮中學時就看過文星書店文星叢刊陳香梅《一千個春天》，知道她在華盛頓DC政治圈，社交圈有力量，有影響力。想不到我書沒有讀完就在華盛頓DC找到了翻譯人員的工作，一九七八年就開始住在華盛頓DC南邊維吉尼亞。在DC工作但生活圈子裡不可能接觸到陳香梅，知道她住在水門（Watergate）高級公寓，那是華盛頓DC裡喬治城旁邊最好的地段，最貴的城中城。

侯吉諒在華盛頓DC國務院演講完後，本來是我打算帶著他到處看看，結果他說要去陳香梅家坐坐，我一聽，說帶我去吧？我在華盛頓DC住了幾十年也見不到陳香梅呀？

陳那時已經搬離開水門公寓，住在喬治城裡的精華地段，這些地方都是我不可能接觸到，也不會去拜訪的地方。

在陳香梅的城中屋見到了她的義大利裔伴侶，也見到了她在佛羅里達大學教書的教授女兒，原來她們都是侯的粉絲，跟我一樣欣賞侯的才氣，買他的畫作。這種清新的文人畫，源於傳統，但跳出了傳統，替中國山水畫開拓了一片疆土。

在陳家喝茶聊天後我們又出去在城中城裡走走，他們倆走在我前面，像是戀人一般的勾肩搭背，談笑自如。我明明知道陳有義大利裔伴侶，她應該是極度寵愛侯的才氣，畫作，才把他當作忘年之交的密友，才肯這麼疼愛侯呀！

我只有充滿驚奇的落空三步走在他們後面。

多年後第一次聽到有人從旁觀者的視角談我和陳香梅的交往，我其實也被滄浪兄的敘述「驚奇」到了。不過和陳香梅勾肩搭背的走在華盛頓街上的，可能真的不多。

滄浪兄還帶我去了當時並未對外開放的雙橡園，臺灣的外交單位特地開放給我們參觀。雙橡園有太多歷史的故事和典故，但對我來說，最驚喜的是看到江兆申老師一件很大的橫幅潑墨荷花，那是在江老師的所有畫冊中都未見過的風格，濃墨重筆，氣勢直逼張大千。

在美國的那幾天，文藝界的朋友交流極為熱絡。有一天晚上大家說好聚餐揮毫，本來以為只是小打小鬧，沒想到那天來了一、二十人，光是紅酒就喝掉十多瓶。劉滄浪說他要來煎牛排，原來以為就是借主人家廚房隨意弄一下，沒想到劉滄浪帶來全套的設備，包括煎牛排專用的生鐵鍋、一身白衣高帽的廚師標準制服，連本身就是美食的大行家的韓秀都難得的點頭認可。

與劉滄浪同行（上）；國務院演講盛況（下）

後來的幾年，還在臺北見過陳香梅幾次，有好幾次官商雲集的場合她都叫我去參加，見識到不少交際應酬的厲害。再後來，因為年紀漸大，陳香梅也就比較少遠行了，但每年過年還是會收到寄來的賀卡，老一輩的禮數講究，真是不同凡響。

葉明勳請客

以輩份來說，我所能認識的，最有分量的文藝前輩，就是人稱明公的葉明勳。葉明勳現在知道的人可能不多了，當時可是不得了，最簡單來說，民國三十八年，他就已經是記者協會的會長。他太太是名作家華嚴，華嚴是筆名，是辜嚴倬雲的妹妹，這樣的身分地位當然意謂著異常複雜的人際關係，在這樣的人面前，最好是少說話，免得不知不覺中得罪了人。

當然，因為我是報社編輯，華嚴的稿子也發過幾次，總算有一點小小的話題可談，但也不能多說。就是一個報社的小編輯，在大作家前面，有什麼好說的呢？

這也就顯示出葉明勳的厲害了。席間，江老師介紹了我是他新收的小徒弟，別人都只點頭表示了解，明公卻拿起酒杯，說，「那以後要叫你小師父了。」

就一句話，把我捧上天，老師也有面子。

明公對晚輩的提攜不只是口頭上的，從認識了以後，我的每次畫展他都一定親自來看、選購，而且不只是自己收藏，還買了送給朋友。以明公的身分地位拿我的作品送人，那真是最有力的推薦了。

我的好幾位收藏家似乎都有拿我的作品送人的習慣，報社老闆王必立很早就收藏我的書畫篆刻，但我卻從來不知道，因為他都是叫別人去買，所以連畫廊也不知買畫的人是誰。一直到在王家看到我的作品居然掛在顯目處，才忽然了解原來必立先生竟然早早就開始收藏我的作品，而且喜歡拿我的作品送給朋友。

一九七〇、八〇年代《聯合報》、《中國時報》最紅、銷量高達上百萬份的時候，兩位報社老闆王惕吾、余紀忠都不遺餘力的推廣文藝，本身更是書畫收藏大家。

聯合報在苗栗修建了一座美輪美奐的閩南式庭園「南園」，後來作為聯合報系員工的休閒度假中心，裡面的字畫都是當時一流名家之作，件件氣派精彩。報社辦公大樓中高階長官的辦公室裡，處處可見張大千、溥心畬、江兆申的作品，王必立作為報社的第二代，傳承的不只是家族企業，還有收藏書畫的見識、學問，比我大十歲二十歲的藝術家們無不受到注意、關照，只是當事人未必清楚，因為他們實在太低調了。

我最早知道會買我的作品送人的是陳健邦兄，二〇〇〇年時我在敦煌畫廊展覽，他買了許多作品送人。對一個畫家來說，這是最好的肯定和推薦了，因為這樣我多了好幾位台積電的收藏家。

會買我作品送人的還有龔敬，和龔敬認識是在中國時報寫部落格的時期，她在網路上看到我的篆刻，寫信來問能不能請我刻印章，後來交往日久也就成了好朋友。二〇一六年去加州矽谷展覽的時候就住在她家，一個種了很多大樹的很低調的豪宅。龔敬有時也會請我刻印說要送人，但有好幾次印章刻好後，因為太喜歡了捨不得送，所以只好再去找比較捨得送的。

其實像葉明勳這樣的長輩喜歡我的作品我就應該把作品送給他，起初我也是這麼做的，但老先生卻不高興了，他說了一句讓人覺得非常感動的話，他說：「喜歡了就要買，我是懂規矩的。」

〈處厚〉，王必立收藏（藍玉琦攝於作者展覽會場）

黃天才見證張大千傳奇

我認識的老先生裡面，名著《五百年來一大千》、《張大千的後半生》作者黃天才，是記憶力最驚人的一位。

很早我就知道黃天才這位前輩大老，起因是張大千早年在日本的活動都少不了黃天才的幫忙，很多紀錄裡都寫到了他。最有名的故事之一，是張大千答應為日本華僑李海天繪製巨作，但臺灣當時沒有那麼大尺寸的畫絹，所以要中央日報駐日代表黃天才去京都幫他訂製。

張大千在日本的故事很多，黃天才都是親身參與者，所以聽黃天才講張大千，最有真實感。而且天公的敘述有一個特色，就是每次談的細節，都完全一樣，好像錄音機一樣。

一般人講話在敘述上總是會有一些出入，包括先後順序、細節安排、日期數字，難免都有一點小小的差異，但天公卻從來不會。同樣的故事，絕對不會有第二種版本、數字。

天公本身也收藏書畫，而且專門收扇面，他收藏的扇面之豐富，應是當代第一。他收藏的扇面還有許多趣事，其中之一，就是和日本裱褙名師的目黑三次的交往經過。

簡單來說，目黑三次的裱褙工藝在大千和自己的研究下，以「保持及恢復」原作面貌精神為最高原則；目黑的堂號曰「黃鶴堂」，但沒有店面，裝裱工作室就設置在自己的住宅中。沒有徒弟，沒有助手，所有工序均由他一人完成。目黑在整修和裝裱過程中，從不對原作進行補筆「再造」。

黃天才曾經購買到一件晚清彭玉麟的梅花大中堂，但因此圖破損厲害，許多裝裱店皆不肯接單。他因與目黑熟悉，就到黃鶴堂讓目黑修復重裱，並明確告訴是自己的藏品。目黑說可以修補重裱。因目黑裱褙費用不便宜，黃天才先問了裝裱的費用。目黑聽了頗有些難色，他說暫時無法確定所需的工時，所以算不出正確的價格。黃天才請他大概估計一下。目黑最後報價大概六十萬日圓。黃天才一聽心中暗罵莫名其妙和荒唐，因為他購買的這幅彭玉麟梅花圖，也不過十萬日圓左右。

後來，黃天才又購買到一件明末畫家王建章金箋成扇，扇面兩處斷裂，成為了三截，品相已殘破不堪。黃氏先後到香港、臺灣的裝裱店請求修復，但因難度太高，所以無人肯接件。他只好又去尋目黑。目黑經過仔細審視，願意修復此扇，但他事先聲明：自己從沒有修整過中國古扇，所以沒有完全的把握。但願意接受這一新的挑戰。但萬一修合不成，他就將之改裱成兩幅扇面鏡片。三個月後，目黑通知黃天才去取件。一件幾乎看不出修復痕跡的成扇出現在黃的眼前，真可謂「鬼斧神工」。

這類的好看而深有史料價值的故事在黃天才的兩本書中俯拾皆是，厲害的是當面問他故事內容，他重講一遍也是完全一樣。

二〇一二年左右，有一位長輩要和我學書法，慎重請客以示禮節，還請了好幾位老先生作陪，其中就有黃天才。那頓飯吃得我坐立不安，因為當中就我年紀最小，連「學生」年紀都比我大許多，幸好黃天才是講故事高手，化解了不少我的窘境。

其實天公很早就注意到我，只是他自己不知道。一九八六年我在《時報周刊》工作的時候，時報的同事古蒙仁轉任《中央日報》副刊主編，常常打電話來邀稿，因而每隔一陣子就要寄作品給他。

古蒙仁說，有一次他們社長有一天到他辦公室，看到我寄件的信封，問古蒙仁這個人是誰。古蒙仁問為什麼問這個，社長說，這個人字寫得很好，知道是一個年輕的作家後，還稱讚了兩句。這位社長，就是黃天才。

後來幾次去家中拜見天公，總有許多典故收穫。有一次，忽然想到我心中有一個問題一直沒有辦法解決，或許天公會有辦法。

張大千回臺定居後，拍了三部紀錄片，記錄了他畫荷花、潑墨山水的過程，是研究張大千繪畫技法最直接的資料。紀錄片保存在故宮，但故宮只有在張大千的特殊紀念展的時候才拿出來播放，對於這樣珍貴的紀錄片不能公開發行，實在太可惜，根本就是浪費了，我曾經問過多次，故宮都只表示礙於規定、無法發行。於是心想，如果可以找到當初拍攝的人，或許可以促使這些珍貴的影片公開發行。所以我就問天公是否知道拍攝的人是誰。

天公一聽，當即說他很清楚，並詳細說明了當初拍那些影片的糊塗帳。

原來是有一位剛剛退休的將軍，因為喜歡張大千的畫，所以建議張大千拍攝繪畫紀錄。之前臺灣似乎只有溥心畬拍過紀錄片，還是中影拍的。張大千在美國加州定居的時候，也曾經拍攝過一部紀錄片，但並未全面展示張大千的繪畫過程，既然有人主動提議，張大千即欣然同意影片的拍攝，而且以荷花、潑墨、山水為題材，完整記錄繪畫過程。據說將軍是把退休金拿出來拍片的，在紀錄片中，那位穿西裝蓋印的人，就是出資者。這當然是因為他是出資者，所以才有榮幸在大師的畫作上蓋印，也算是「有影為證」了。

影片拍完了以後，等了好幾個月，卻沒有下文了，也沒有進一步動作。張大千很納悶，影片拍完了怎麼不播呢？於是找人去問怎麼回事。

原來，張大千以為紀錄片會拿去發行出版，將軍則以為拍攝時畫的畫會給他或經由他銷售，這樣才能各有所得，但將軍沒有播放管道，事情就僵在那裡，因為事先沒說清楚彼此的權利義務，所以影片始終無法發行。後來，故宮院長秦孝儀知道了這件事，撥了特別款項補償將軍，影片就交給了故宮，但版權問題依然沒有解決，所以也不能發行。

然後，天公說，他有影片的錄影帶。

什麼？我找了三十年的東西，居然就在眼前？

天公進了房間，很快拿出錄影帶，可見天公的資料收拾得很有秩序。

這簡直是完全沒有料到的意外之喜，真正是踏破鐵鞋無覓處，得來全不費工夫。因為天公同意把錄影帶交給我轉成數位檔保存，等待了將近三十年的願望終於實現，高興的程度可想而知。後來，這些影片終於公開播放，且放到網路上免費欣賞，但已經是好幾年以後的事了。

一九九〇年代中期以後，林百里成為張大千最重要的收藏家，而林百里的藝術顧問之一就是羲之堂畫廊的陳筱君。陳筱君是兩岸最擅長規劃大展的人才，她先後規劃過傅抱石、李可染、張大千、莊嚴的大展，都是集結了兩岸三地主要博物館、畫廊、收藏家、藝術學者、評論家的重要展覽，能量、影響之大，不作第二人選，而陳筱君最重要的顧問就是黃天才。有了黃天才。眾多難以解答的事情，都被釐清，陳筱君自己對張大千的理解，也因此備受業界推崇。

張大千的牛肉麵

我閱讀古代文人畫家的故事，最羨慕的是書畫家互相往來、討論、鑑賞、題識彼此詩文書畫的故事。

明朝中葉在蘇州興起的吳門畫派，就是一個特別讓人羨慕的例子。根據統計，整個吳門畫派有五、六百人之多，雖然不是有組織的結社團體，但基本上就是以生活在蘇州的文人、書法家、畫家為主要成員，形成的一個有相同目標和藝術旨趣的書畫團體。除了藝術風格、品味、書畫價值觀的相似，產生了歷史上最有影響力的畫派，主要成員之間互相來往交流的，也成為一道極為特殊的文化的風景。

文化、文化品味、文化氛圍的形成，主要是來自對文人、傑出藝術工作者的重視，不只重視他們的創作，也重視他們生活的痕跡。

所有有歷史、文化傳承的地方，必然重視文藝工作者的生活痕跡。不管是巴黎的咖啡廳、倫敦的小酒館、布拉格的尋常店面，都會因為有一個作家、畫家曾經的身影而充滿讓人景仰、想像的文化風景。

臺灣在這方面一直做得很差，一般人不會對梁實秋、臺靜農這些老一輩的作家、書畫家在臺北市的青田街、溫州街居住了大半輩子有任何感覺，甚至連臺靜農這麼重要的文化人居住過的房子都不願意保留，讓人難以想像，像臺大這樣的有指標意義的學府竟然連這種最基本的文化品味都沒有。這也足以說明臺灣的文化教育是多麼貧薄，尤其是從事文化工作的公務人員，更需要加強相關教育和品味的培養。

一九九一年江兆申老師自故宮退休，不久就搬到埔里剛剛落成的「揭涉園」，那是老師規劃多年的庭院，占地四、五百坪，蓋了兩層約二百坪的房子，樓下是客廳、餐廳、廚房，樓上是臥室和畫室。「揭涉園」中掛了不少書畫，老師自己的作品不多，大部分是老師的收藏，其中最醒目的，是從客廳門口一眼就看到的一張張大千的大畫。

張大千贈江兆申〈闊浦遙山〉

一九七八年八月，在海外生活了將近三十年後，張大千決定回臺灣定居。江兆申老師時任故宮博物院副院長，張大千的摩耶精舍就在故宮附近，兩人都是書畫家，更是書畫鑑定、鑑賞舉世無雙的高手，自成莫逆之交。

摩耶精舍營造的過程，江老師也參與了相當的意見，也留下一些他寫摩耶精舍的詩，當時張大千和江老師可說是過從甚密。

張大千是好客之人，家裡來往的人極多，偶爾張大千興致一來，就會親自下廚招待客人吃飯，張大千的牛肉麵是他自己非常得意的手藝。「揭涉園」掛的這張畫，就是張大千請江老師吃飯，江老師對張大千的牛肉麵讚不絕口，於是張大千畫了這張畫答謝江老師的稱讚。在這張六尺全開的大畫上，張大千的落款說明了畫這張畫的原因。

畫的右上方詩堂上，是江老師題款：

闊浦遙山

大風堂藏巨然僧山水巨幛舊題此四字，覺與是幀神理盡契，因借題之。若以畫論，則真今人不為不如古也。

畫的下方，江老師在裱邊再題識如下：

庚申十一月自摩耶精舍歸，賦呈四詩。辛酉三月獲此巨幅。壬戌中秋補書幅下。江兆申記。

張大千為什麼畫這件江老師命名為〈闊浦遙山〉的畫，我聽江老師親自說過，後來又問了黃天才先生。天公說，張大千畫這件作品時他剛好在場，他的名作《五百年來一大千》中有詳細記載：

……大千對他親自督工烹煮的牛肉麵，非常自傲，督工也非常認真，在吃牛肉麵的那一天，即使在作畫，他心裡也會念著廚房裡的牛肉麵。記得，一九八一年三月裡的一天，我從東京回臺北，去摩耶精舍看他，他正伏案作畫，抬頭看見我，第一句話就是：「你有口福，中午在這兒吃牛肉麵。」我本有他約，但不忍拂老人好意，只好答應。我湊近桌邊看畫，畫已完成，六尺全開的山水，畫面左上角已經寫好題識。大千說：「快好了，我在右下角收拾一下。」我走過去看畫上的題識，看到一半，不禁失聲笑了出來，說道：「嘿！摩耶精舍的牛肉麵都題到畫上去了！」大千也得意的笑了。大畫上的題識是這樣的：「七十年歲辛酉，三月十七日，兆申道兄見過摩耶精舍食牛肉麵，極賞予烹煮之工，予惶惶無所對，極半日之力寫此呈正，僅報獎譽之厚。大千張爰。」

請人吃飯，客人讚美了，又畫畫送人，這樣不會太虧了嗎？

●

其實不然，書畫家彼此以書畫交流是前輩高人常常有的事。明清時期的書畫市場成熟之前，收藏書畫的人，大多是文人，文人之間以詩詞、文學、書畫作品互相交流是很自然的事。如果大家都是實力相當的名家，交流之時在彼此的作品上題款，更能增加彼此的聲名地位。明朝吳門畫派的書畫家們常常有這樣的詩書聚會，留下不少動人的故事，也就是這樣的交流非常頻繁，所以才能造成一時一地的文藝盛況。當然，書畫家之間的互相讚美，也有推廣宣傳的作用，所謂群策群力，古代的文人書畫家們，無一不是深諳此道的高手。在沒有大眾傳播媒體的時代，人與人之間的口語相傳，是最有效的宣傳管道。

張大千是一個非常擅長製造話題、典故的高手，他的一言一行只要有人記錄，就會成為非常風雅的典故，所以連他請客吃飯寫的「食單」，都可以成為難得的收藏極品。因為他寫的食單，除了日期、客人姓名，還有菜色安排，處處都流露出不同凡響的品味與講究，既顯示客人的獨特，也呈現了自己的用心。本來只是一場當事人才知道的宴會，事過境遷之後，卻可用食單留下主客的風雅。

張大千一輩子送出去的畫不知多少，他「送」出去的畫，雖然名義上是送，但事實上收到作品的人都會帶給他一定的回報。

如果收的對象是達官貴人，那收畫的人自然是要有一定的「表示」，或者送上筆潤，或者是幫忙處理事情，總之收畫的人不能白收，也不會白收。如果是文化書畫界的朋友，那當然是因此多了一段可以拿出來炫耀的交情，也自然成為一種典故了。當然還有許多為了幫助朋友而送畫的事，例如他就送了不少畫給張目寒，幫他解決經濟的困境。

張大千送給江老師這張〈闊浦遙山〉，可以說是張大千晚年的力作，但江老師很少提到，這是江老師內斂含蓄、不愛張揚的個性所致。而張大千以牛肉麵受到讚美為由送畫，大概是史上絕無僅有的雅事了。

一九七〇、八〇年代，老一輩的文人、書畫家都還在，都是最受景仰、推崇的時候，他們言行所散發出來的丰采和風範，再過十年就幾乎全部消失了，當時的年輕人或者不會想到，那是他們領略老輩風範的最後機會了。而後來的年輕人，能懂得老一輩丰采的人，恐怕也愈來愈少了。

我很幸運的親身經歷、參與了一些老先生們當時交往的過程，當然也很惋惜來不及參與某些事情，但可以聽到江老師、黃天才親自說起張大千請吃牛肉麵、後來又送畫的故事，畢竟已經是相當幸運的事了。

高陽寫稿

一九九〇年代我在《聯合報》副刊工作的時候，很重要的工作之一，是處理歷史小說家高陽的稿子。

「處理」的內容很廣泛，包括先閱讀稿件、釐清不清楚的字跡方便打字同仁辨識、查證有問題的典故，以及「控制」稿件的源源不斷等等。但說是「控制」，其實既不能控，也不能制。

高陽的歷史小說早負盛名，在報禁時代，連載小說關係到讀者的忠誠度，高陽的小說據說讀者廣大到影響報紙的訂閱和零售數字。連載小說的特色之一，大概就是邊寫邊發表，所以除了作者，沒有人知道小說會怎麼發展，因而每天盯緊作者交稿，就成為編輯的責任和惡夢。

因為高陽寫小說是非常「隨興」的，他也從來不提早寫稿，都是當天才寫隔天要見報的段落，他老人家人面廣、應酬多、愛喝酒，常常是中午應酬結束了，才到報社來——睡午覺。午覺睡醒，也許就隨便找張桌子坐下來寫稿，這還是最好的情形，更多的情況是，睡醒了就回家，然後不知什麼時候才會交稿子。

然而高陽太重要了，所以報社有一位同仁「老詹」是每天固定要去他家取稿子的。在那個還沒有傳真、沒有快遞的年代，這是唯一讓高陽每天交稿的方法，問題是，他交稿的時間不一定，所以編輯常常要等到火冒三丈而又敢怒不敢言。據說，我的前一任編輯就是被高陽惡劣的交稿習慣給氣走的。

高陽交稿的信用很差，常常拖稿、欠稿，所以，民國七十三年《經濟日報》請他寫胡雪巖的續集《燈火樓台》的時候，雖然約定先寫五萬字，稿酬十五萬要先付，但怕高陽錢拿了不交稿，所以《經濟日報》的總編輯應鎮國特別請劉國瑞做高陽交稿的保證人，高陽甚至親筆寫下「保證書」。可見要「控制」高陽交稿，實在不是一個小編輯可以做到的。

高陽的稿件通常都很潦草，對編輯來說，「認字」是一大困難，所以聽說報社之前還要安排專門的人去認高陽的字，從鉛字排版到打字、校對，至少要有三個人來專門侍奉高陽。

但在我而言卻是小事一件。因為高陽的字雖然行草夾雜，卻是有規矩的書法筆法，所以認出他的字對我來說毫無困難，當時有這種眼力的編輯，我想不多，大概也因為這樣，高陽對我算是相當客氣——很少有需要催稿的時候。

而且，我的確也有一兩招對付高陽的方法。例如以各種理由請他多寫一點，像我要休假，怕別的同仁看不懂他的字之類，會請他幫忙每天多寫幾百字；還有，傳真機普及之後，高陽就用傳真交稿，因為有原稿在自己手上，所以他不必每天看報紙看昨天寫的段落是什麼內容再寫，而是根據自己的手稿繼續寫。我偶然發現高陽其實不知道自己連載小說的進度，而是很本能的每天寫一定的字數，每天傳真過來，所以我就稍微減少高陽連載的字數，這樣就慢慢累積了一定的存稿，所以就去除了他不按時交稿的壓力。

在所有歷史小說家中，高陽算是寫得最好的先行者。他的小說大都考證嚴謹，人物、事件都根據史實，不像二月河的歷史小說，竟然以虛構的人物作為主角，且貫穿、主導故事情節的發展。高陽小說的長處是現場的還原感很強，人物表情、個性心思寫得非常細膩，和近年大陸風行的歷史小說完全以情節的跌宕起伏取勝也有很大不同，而且高陽小說還有特別突出的品味，寫古代的食衣住行、男女情色都極為深刻、有情調，更是其他作者無法企及。

說起來高陽也何其有幸，生活在一個報社特別禮遇文人的時代，劉國瑞說老董事長王惕吾時時交代要留意高陽的經濟狀況，包括稿費特別優渥、逢年過節還有特別的紅包等等。因為高陽不善理財、花錢沒節制，經常沒錢可用，這和他寫紅頂商人胡雪巖的那種精明、算計，完全背道而馳。國老手上有不少高陽的信，透露不少這樣的訊息。

劉國瑞對高陽非常照顧，高陽也心知肚明，所以民國六十四年曾經寫過一幅非常推崇的對聯送給劉國瑞：

閱世知人，每視異同有當
陳言集事，群欣懷抱無私

對聯是用暗花大紅紙寫的，至今仍然鮮豔，可見紙質極佳，紙上面仔細打了格子，並題有長款：「乙卯元日集〈蘭亭〉字作楹帖數幅，此一聯非國瑞吾兄不克當，敬以書贈。余向不善書，而又非作楷不足以示敬，致六十塗鴉益見其醜，余嘗刊一閒章曰：自封野翰林，殆所謂竊號自娛也，或誚之曰，字醜如此，安館選之足，望應之曰：此所以野之為野歟。」落款是「錢唐高陽弟許晏駢試筆於爆竹蕭鼓聲中」，上聯蓋了「戊吟定長生」「酒子書妻車奴肴妾」、下聯落款處蓋了「高陽六十塗鴉」「自封野翰林」。

這個對聯從紙張、字體、句子、落款、印章都很用心，可見高陽相當慎重其事。認識高陽的人都知道，高陽相當自負，有時還滿目中無人的，能讓高陽這樣敬重的，沒有幾個。劉國瑞在高陽心中的分量，可想而知。

高陽過世之後，家屬把他的許多手稿捐給中央圖書館。中央圖書館檢視時發現了題有劉國瑞上款的這個對聯，以為是高陽來不及送出去的，所以又送到聯合報給劉國瑞。

其實劉國瑞家中有另一件相同句子的對聯，這個高陽自留的對聯，應是自己寫得不滿意或有筆誤，所以留下沒送，另外再寫更滿意的才送出。

同樣的情形，也發生在陳雪屏送給劉國瑞的字上。前幾年，有人在拍賣場上買到寫有劉國瑞上款的陳雪屏書法，有朋友看到打電話問劉國瑞。劉國瑞找了原件出來說，那應該是陳雪屏自己寫了不滿意留下的，後來不知為什麼流到拍賣場去了。

老先生們送字都如此慎重，而現在的人「要字」卻往往很隨便，之間的差別，也就是修養了。

我在聯合報上班的時候，常常要到劉國瑞辦公室聊天。有一次國老談到高陽，說到這幅「多出來」的對聯，國老問我要不要。

那還用問嗎，當然要！

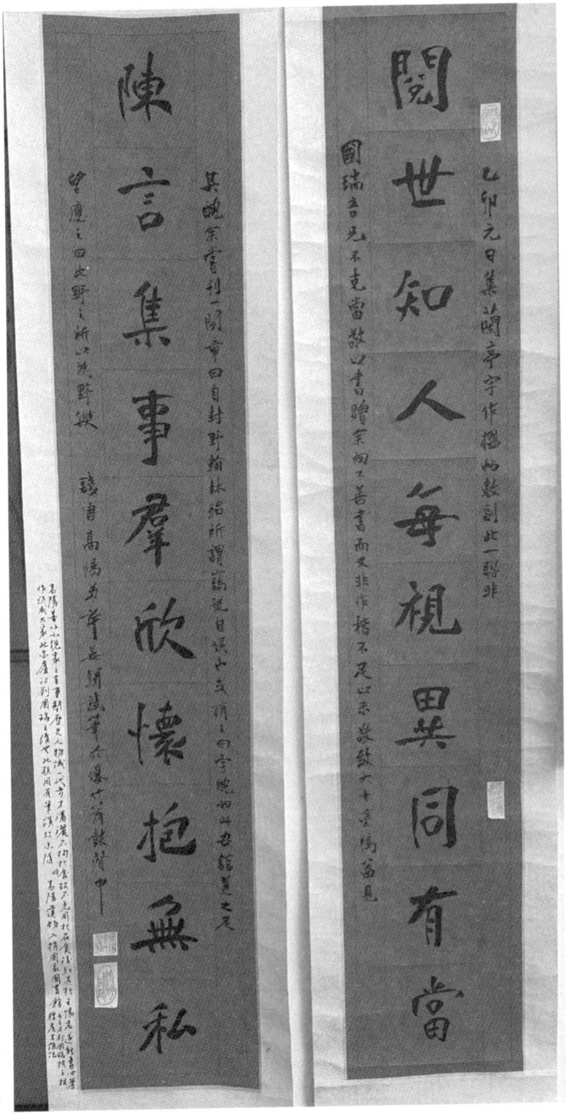

高陽所書對聯

二女兒含著奶嘴看書畫

抄書、摹印

在江兆申先生存世的作品中，有幾套書非常特殊，因為那都是他手抄的書。

剛拜入師門的時候，我只有一張小書桌可用，平常寫稿還可以對付，練字也沒什麼問題，但如果要寫作品、畫畫就不夠用了。

所以那時候畫畫往往要在地板上畫，至少染色的時候得在地上鋪上墊子，才能把畫全部攤開。因為染色的時候往往要先把畫噴濕，這樣上色才會均勻溫潤，而且染色後的紙因為太濕不能移動，所以只能鋪在地上畫，小女兒還吃奶嘴的時候喜歡跟著我趴在地上，看我染色。

有一次和江兆申老師談到畫桌太小，畫畫很不方便，江老師說，溥心畬先生以前住的地方也不大，所以他通常只能在茶几上畫畫，因此沒辦法畫大畫，但也因此畫出了很多精彩的小畫。

溥心畬先生和張大千齊名，撇開他的「王孫」身分不談，光是他的繪畫完全是從古畫自學，就很令人驚奇。他的畫早年比張大千還受歡迎，因為他的畫大都很精妙，筆畫非常清雅，而受限於畫桌，所以只能畫小作品，但也因此愈畫愈精。他有幾張八公分高一百多公分長的小橫幅，卻畫出大山大水的氣勢，古人似乎也沒有這樣的形制。

江老師在民國三十八年到臺灣，除了隨身衣物，沒有多餘的東西，在那樣困難的情形下，依然努力寫字畫畫，當時物力維艱，無書可讀，所以只好跟人借書來抄。漢魏六朝文，就這樣一頁一頁抄，不但抄文章，連注釋也抄，正文的字已經只有一公分左右大，注釋更小到〇·四、〇·三公分，字跡還是寫得非常娟秀清晰，讓人無法相信他是一邊抱著小孩一邊抄寫完成的。

江兆申老師門下的學生大都書畫兼通，和老師的身教有很大的關係。不過老師可以做得到，學生不一定行就是了。有一年我決定模仿江老師抄

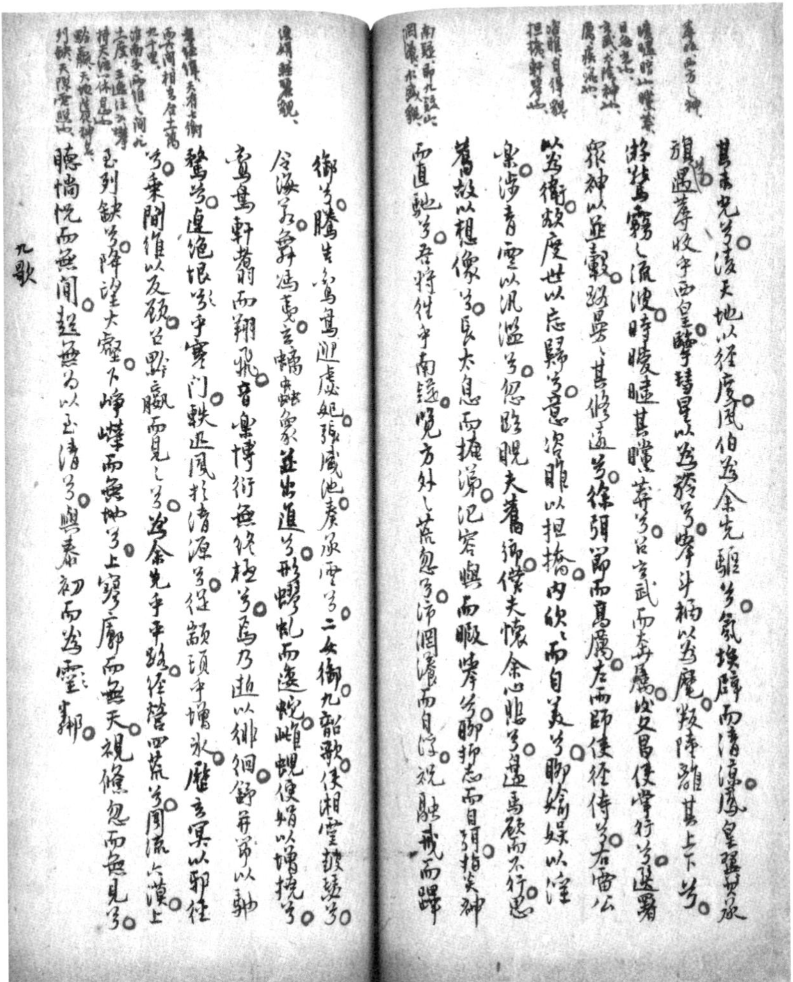
甚未光兮凌天地以徑度風伯為余先驅兮氛埃辟而清涼鳳皇翼其承旂兮遇蓐收乎西皇攬彗星以為旍兮舉斗柄以為麾叛陸離其上下兮遊驚霧之流波時曖曃其曭莽兮召玄武而奔屬後文昌使掌行兮選署衆神以並轂路曼曼其修遠兮徐弭節而高厲左雨師使徑侍兮右雷公以為衛欲度世以忘歸兮意恣睢以担撟內欣欣而自美兮聊媮娛以淫樂涉青雲以汎濫兮忽臨睨夫舊鄉僕夫懷余心悲兮邊馬顧而不行思舊故以想像兮長太息而掩涕氾容與而遐舉兮聊抑志而自弭指炎神而直馳兮吾將往乎南疑覽方外之荒忽兮沛罔象而自浮祝融戒而蹕御兮騰告鸞鳥迎宓妃張咸池奏承雲兮二女御九韶歌使湘靈鼓瑟兮令海若舞馮夷玄螭蟲象並出進兮形蟉虯而逶蛇雌蜺便娟以增撓兮鸞鳥軒翥而翔飛音樂博衍無終極兮焉乃逝以徘徊舒并節以馳騖兮逴絕垠乎寒門軼迅風於清源兮從顓頊乎增冰歷玄冥以邪徑兮乘間維以反顧召黔嬴而見之兮為余先乎平路經營四荒兮周流六漠上至列缺兮降望大壑下崢嶸而無地兮上寥廓而無天視儵忽而無見兮聽惝怳而無聞超無為以至清兮與泰初而為鄰

九歌

江兆申手抄書

書，想要把《東坡樂府》連同注釋抄一遍，結果才沒二頁就寫不下去了，除了字寫不好，花的時間更是超出想像。一頁A5大小的小字至少要花四、五小時，真難以想像江老師那幾百頁的字是怎樣寫出來的。

現代科技發達，很多資料網路查了就有，這是二〇〇〇年前不能想像的事。以前不管查什麼資料，都要翻箱倒櫃的翻書，很多資料都要抄寫整理，不免耗費許多時間，但雖然費時費力，許多基本功夫就在這樣的基礎下養成。

江兆申老師當年不只抄書，還「抄印」，也就是用描摹的方式把印章畫下來。刻印章和寫書法一樣，都需要臨摹古人的作品，從印章的臨摹中培養篆字的寫法、印章的布局、邊線的處理等等功夫。

傳統藝術無論在技法、觀念、美學上，都缺少一套放諸四海皆準的標準，常常教的人只能示範他會的，而不會說明，也說不清楚，所以學習常常要靠「悟性」。但悟到什麼東西也是說不明白講不清楚，所以傳統的方法，都是從臨摹古人的作品開始。臨摹不是為了像古人，但卻只有先像，才能建立技法、培養「何以為美」、「如何才美」的眼光，所以臨摹是必

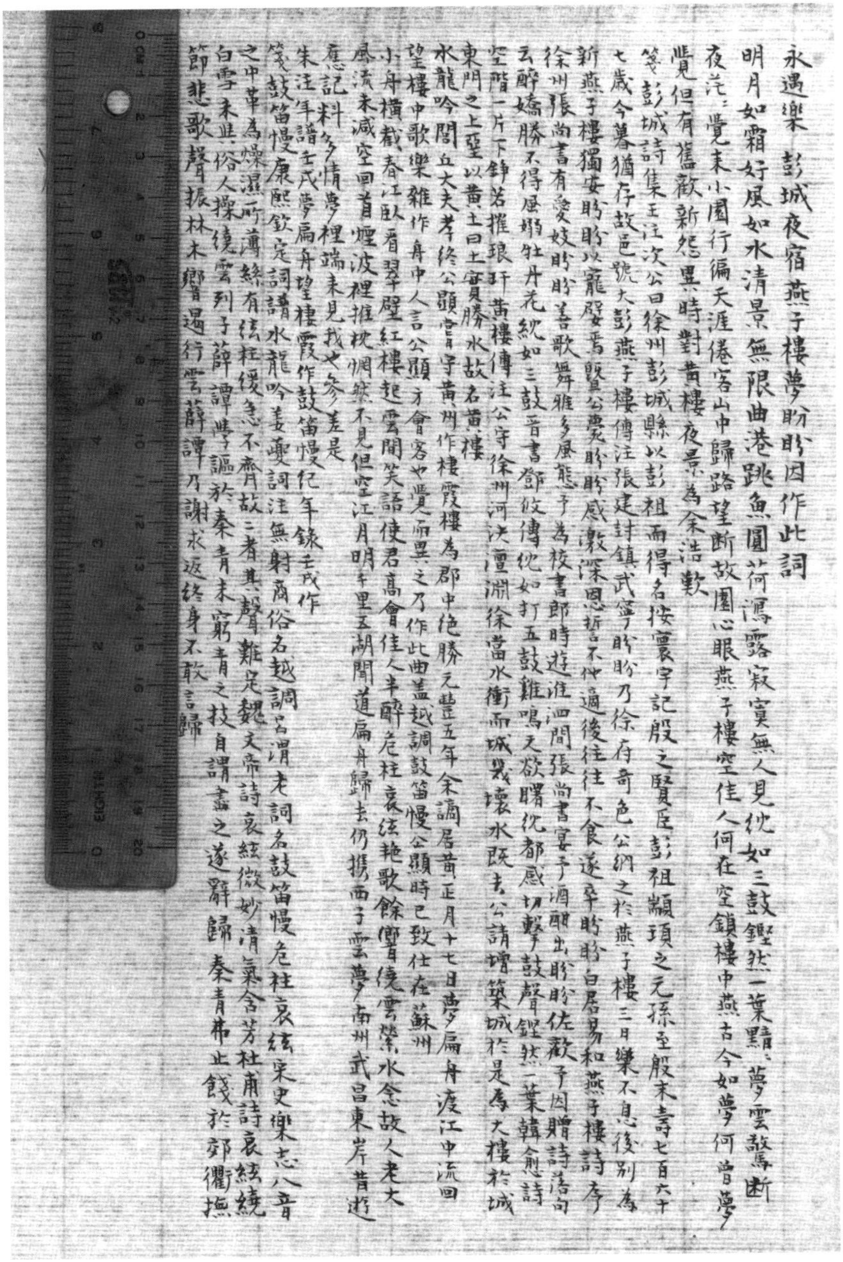

永遇樂　彭城夜宿燕子樓夢盼盼因作此詞
明月如霜好風如水清景無限曲港跳魚圓荷瀉露寂寞無人見紞如三鼓鏗然一葉黯〻夢雲驚斷
夜茫〻覺來小園行遍天涯倦客山中歸路望斷故園心眼燕子樓空佳人何在空鎖樓中燕古今如夢何曾夢
覺但有舊歡新怨異時對黃樓夜景為余浩歎
箋彭城詩集王注次公曰徐州彭城縣以彭祖而得名按寰宇記殷之賢臣彭祖顓頊之元孫至殷末壽七百六十
七歲今墓猶存故邑號大彭燕子樓傳注張建封鎮武寧盼盼乃徐府奇色公納之於燕子樓三日樂不息後別為
新燕子樓獨安盼盼以寵嬖焉既公薨盼盼感激深恩誓不他適後往往不食遂卒盼盼白居易和燕子樓詩序
徐州張尚書有愛妓盼盼善歌舞雅多風態予為校書郎時遊淮泗間張尚書宴予酒酣出盼盼佐歡予因贈詩落句
云醉嬌勝不得風嫋牡丹花紞如三鼓晉書鄧攸傳紞如打五鼓雞鳴天欲曙紞都感切擊鼓聲鏗然一葉韓愈詩
空階一片下錚若摧琅玕黃樓傳注公守徐州河決澶淵徐當水衝而城幾壞水既去公請增築城於是為大樓於城
東門之上堊以黃土曰土實勝水故名黃樓
水龍吟閭丘大夫孝終公顯嘗守黃州作棲霞樓為郡中絕勝元豐五年余謫居黃正月十七日夢扁舟渡江中流回
望樓中歌樂雜作舟中人言公顯方會客也覺而異之乃作此曲蓋越調鼓笛慢公顯時已致仕在蘇州
小舟橫截春江臥看翠壁紅樓起雲間笑語使君高會佳人半醉危柱哀絃艷歌餘響遶雲縈水念故人老大
風流未減空回首煙波裡推枕惘然不見但空江月明千里五湖聞道扁舟歸去仍攜西子雲夢南州武昌東岸昔遊
應記料多情夢裡端來見我也參差是
朱注年譜壬戌夢扁舟望棲霞作鼓笛慢紀年錄壬戌作
箋鼓笛慢康熙欽定詞譜水龍吟姜夔詞注無射商俗名越調呂渭老詞名鼓笛慢危柱哀絃宋史樂志八音
之中革為燥濕所薄絲有弦柱緩急不齊故二者其聲難定魏文帝詩哀絃微妙清氣含芳杜甫詩哀絃繞
白雪未與俗人操遶雲列子薛譚學謳於秦青未窮青之技自謂盡之遂辭歸秦青弗止餞於郊衢撫
節悲歌聲振林木響遏行雲薛譚乃謝求返終身不敢言歸

侯吉諒小字

要的過程。

臨摹印章比寫字麻煩許多，光是印材的準備就不容易，加上民國四、五十年時物力維艱，沒有什麼印材可以用，所以江老師借到印譜之後就一個一個畫出來。線條的斷裂、印面的殘破，原作模糊不清的地方，通通都像影印機一樣畫出來。

江老師臨摹印章的功力許多人都非常推崇，都認為江老師篆刻的成就主要來自對古印的摹刻。好多位篆刻家常常舉江老師「摹刻」的古印作證據，可惜這是美麗的錯誤。

江老師沒有「摹刻」古印，他做的是「摹畫」，老師畫的這些印面，後來出版的時候，李螢儒師兄把黑色的印面印成紅色的，因為畫得太像了，又印成紅色的，所以就讓人以為那些古印是摹刻出來的，其實只是畫的。

當然畫印的功夫也不得了，而且的確對刻印章有莫大的助益。

雖然江老師在摹寫古印下了很大的功夫，但還有人比他更厲害，那就是大畫家傅抱石。

傅抱石以繪畫成就為世人熟知，但他一九三三年留學於東京日本帝國美術學校時，其實研究的是篆刻，而且完成了非常重要的《中國篆刻史述略》一書。當時沒有影印科技，照相昂貴，所以他也是用畫的方法呈現篆刻的資料，除了印面，印章的樣式、印鈕的形制，都畫得非常精細逼真，已經和用實物拍攝相去不遠。

許多基本功夫就是這樣養成的。現在影印方便，手機照相、網路資料更是隨手可得，每個人都可以輕易「收藏」許多資料。但這些資料往往又是沒有幫助的，因為只是「擁有資料」是不夠的，必須要熟悉、使用，而後才能獲得資料所帶來的知識、技術。

現在很多篆刻家的篆刻技術都可以做到相當精密、細緻，細朱文都可以刻到纖細如髮絲，然而就印論印，卻沒有什麼味道。原因是少了臨寫篆書、寫字布字的功夫。

老一輩的篆刻家都是反寫篆書上石，寫得不好就擦掉重來，在這樣反覆覆的過程中，養成的不只是寫篆書的功力，還有更重要的——修改印面的眼光，那是所有篆刻家要邁向高階創作的必備能力。

而現在的篆刻家多半用硬筆畫稿、用鉛筆寫到石頭上，再用中性筆描一遍，比用毛筆方便、準確、有效率多了。但有效率的同時，也失去了磨練功夫的機會。

藝術創作雖然創意很重要，但要有創意之前，首先是基本的技術要合格。而基本技術要合格，就得花許多時間去慢慢磨，磨得越深越細，功夫才會精到。

懸腕寫字

一九八七年，我認識了當時高齡八十六歲的臺靜農先生，臺先生曾經長期擔任臺大中文系主任，臺灣許多著名的學者作家，都出自臺先生門下，如果說他是當時臺灣輩份最高的文化人，大概不會有人有意見。

由於輩份高，所以大家都尊稱他為臺老。

臺老那一輩的文人，不只學問紮實，寫詩、書法、繪畫、刻印好像都是同時具備的能力。他們交友廣闊，詩人、學者和書畫家經常一起聚會，品茗飲酒、看字讀畫，聊聊掌故、談談是非，有機會參與這樣的聚會，可以學到許多東西。

臺老也是當時知名度最高的書法家，他那一手倪元璐風格的書法，不但面貌獨特，也廣受推崇。

臺老寫字不擇紙、墨，但對用筆非常講究。臺老書法筆力強勁、結構倚側，筆畫轉折多變，對毛筆的掌握需要很高的駕馭能力，一般來說，這樣的筆路，狼毫筆是比較容易掌握的，然而臺老偏偏用的是特長鋒羊毫。

林文月是臺老最鍾愛的弟子，寫過好多有關臺老的文章，臺老生前最得意的書法，大都送給了林教授。林教授每次到日本，總會去「溫恭堂」幫臺老買毛筆，因為臺老偏好用溫恭堂的「一掃千軍」寫大字、「長鋒快劍」寫小字，溫恭堂的老闆聽說用筆者是臺灣名家，「每回都親自代為物色精上之品，且用特製小梳，細心一一為之梳開羊毫毛筆，至自己滿意為止」，用筆用到只用一種筆，這種講究，可不是一般的講究了。

大概也是因為這樣，所以臺灣許多書法家喜歡用長鋒羊毫寫字。用長鋒羊毫寫字不容易，因此能用長鋒羊毫寫字，通常也意謂著書法功力高人一等。

然而太過強調的結果，也容易變得唬人。

用長鋒羊毫寫字雖然不容易，然而最重要的是用適當的筆寫適當的字。

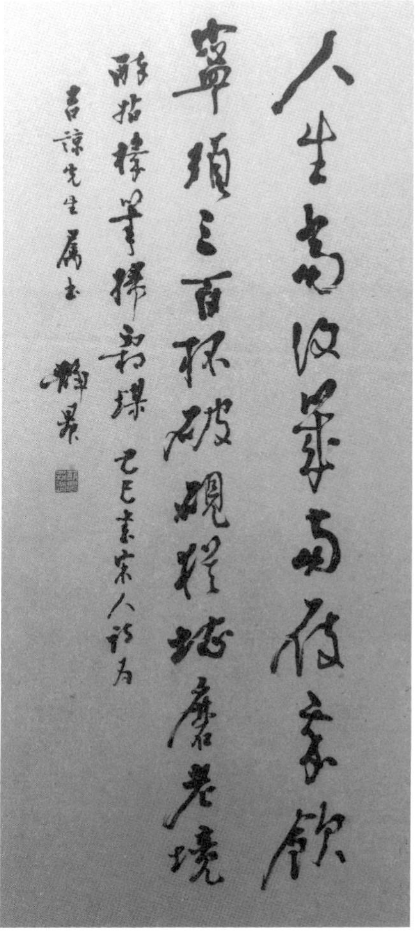

臺靜農贈侯吉諒書法

以前江兆申老師就不只說過一次，臺老用的毛筆他用不來；臺靜農和江兆申是當代書壇的泰山北斗，尤其江老師兼擅各種字體，幾乎無一不能，獨獨對臺老的工具敬而遠之，可見那完全是習慣問題。

江老師寫字的筆其實也有長鋒羊毫，他常常用「玉川堂」的長鋒羊毫寫石鼓文，轉折靈活、筆畫渾厚，一點也沒有「用不來」的問題。

毛筆用羊毫非常早，但明朝末年以前，古人寫字一般以狼毫居多，用羊毫寫字比較著名的，是北宋黃山谷。黃山谷寫字的方法是雙鉤執筆、懸腕，這和他的字體比較大、筆畫比較長有很大的關係。

寫毛筆字到底要不要懸腕一直是許多人的困擾，有的書法老師認為，懸腕寫字才是書法的正宗方法，因此堅持學生從一開始就要懸腕寫字。

一九五〇年代出生，經歷過學校要求寫書法的一代，大概都有懸腕的痛苦經驗。毛筆是軟的，用軟毛寫字光是保持穩定就已經很不容易，懸腕寫字更是難上加難，沒有經過一定的訓練，根本不太可能。

我念書的時候寫毛筆，也飽受懸腕所苦，心中想的，都是古人幹麼發明這種奇怪的寫字方法？光是執筆的方式就很困難，不但毛筆拿不穩，五根手指更不知如何擺放，再加上懸腕，那簡直是叫普通人去高空踩鋼索那麼困難。

大學時候真正拜師學書法，於是想要把執筆與懸腕的問題搞清楚。當時聽說清朝包世臣的《藝舟雙楫》很有名，是非常重要的書法論文集，於是去找了一本，打算用恭敬的心去仔細研讀。

包世臣對書法很用心，也很能虛心求教，《藝舟雙楫》中記載了他到處向人請教筆法的紀錄。問題是，幾乎所有人說的方法都不一樣，方法雖然不一樣，但他們的態度倒是滿雷同的——我就是這樣寫字的，聽我的沒錯。

後來《藝舟雙楫》也總結了包世臣自己的用筆之法，而且敘述得非常詳細，從如何拿筆、每一根手指如何用力，都講得非常詳細。

《藝舟雙楫》名氣太大，連有康聖人之稱的康有為，後來寫的書論，都叫《廣藝舟雙楫》，可見影響之大。

但名氣再大碰到我也沒用，我記得當時看到包世臣在書中詳細敘述如何用每一根手指的方法（原文很深奧，就不引用了）時，我看得簡直火冒三丈，把書一丟，呼呼大睡了。

為什麼呢？因為我當時雖然才剛剛開始學書法，但以自己有限的經驗，卻已經知道，寫字的時候如何使用力道，根本是一種「人體的自動力學工程」。換句話說，寫字這件事，和日常生活中其他的活動一樣，你走路就走路，坐下就坐下，只要心念起動，身體的所有肌肉、神經就會自動協調，然後在「不知不覺」中完成走路、坐下等等的動作。

寫字的時候，你專注的是如何把字寫好這件事本身，而不是去記得你要寫什麼筆畫的時候，要用哪一根手指的力量去推、拉、拓、擫等等等等，包世臣分析得那麼細，我覺得根本就是胡說八道。

當然寫毛筆字是一定要有方法的，從拿毛筆的方法到寫字的方法，都一定要講究，否則會事倍功半。

問題是，什麼是「正確的方法」？當時我的書法老師沒說，所以只能自己觀察老師寫字的方式，然後去古人的書中找答案。

小時候老師教書法最喜歡講柳公權的故事，因為他說過「心正則筆正」，這話連皇帝聽了都肅然起敬，更何況是我們？

所以老師說，「心正則筆正」，你們寫字的時候，筆一定要拿正，不然就會變成一個心術不正的人，要當正人君子，首先寫字要把筆拿正，要——把筆桿對準自己的鼻子——寫字。

以上的邏輯推理不知從何而來，但似乎很多老師都這麼教。可是，我每次把筆桿對著鼻子寫字的時候就覺得荒唐，因為筆桿對著鼻子以後就根本看不到自己的字，結果，這樣寫字的同學都得歪著頭寫字，頭都歪了，人怎麼正得了呢？

唐朝楷書是大家學書法的必經入門功課，但唐朝楷書的規矩也特別多，光是拿筆的方式就整死人。可是，當時學校老師會書法的沒幾個，就算有，我也沒遇到過，所以，只好繼續自己找答案。

我最喜歡的書法家之一是蘇東坡，他的字不是很秀麗，但很有味道，而且他在「北宋四家」：蘇東坡、黃山谷、米芾、蔡襄中排名第一。蘇東坡既然是第一名，一定有他的道理。

然而，蘇東坡說到寫字的方法，竟然是「我書意造本無法」。原來，他根本就否定了唐人楷書的諸多規矩。

後來書讀多了，才知道蘇東坡寫字的方法，是單勾（像拿原子筆），枕腕（像拿原子筆），斜管（還是像拿原子筆），這下我簡直驚喜得快要抓狂了，原來老蘇寫字方法和我一樣？哦，應該說，原來我寫字的方法，和蘇東坡一樣？

我把這個讓人驚喜無比的大發現拿去問老師，老師的回答讓人很洩氣：「蘇東坡是蘇東坡，他是天才，天才哪裡是學得來的？去，乖乖把你的筆桿對著鼻子練書法。」

老師的回答很權威，但我並不滿意。至少我是這麼想的，蘇東坡也是人，為什麼他可以我不可以？

再後來，我把「北宋四家」寫字的方法統統研究過一遍，這才發現，原來這四個人寫字的習慣和愛好都不一樣，拿筆的方法不一樣、喜歡用的毛筆也不一樣，寫字的姿勢和方法也都不一樣。

這個「統統不一樣」的發現，為我寫字的樂趣打開了一扇大門。以前雖然喜歡寫書法，但卻被書法的諸多規矩所苦，而每位大書法家寫字的方法都不一樣，豈不意謂既然寫書法可以不要有那麼多規矩？不要有那麼多規矩，寫起來自己快樂多了。

但儘管如此，我還是不斷在尋找寫字最好的方法。因此，當我看到書上記載，我非常喜歡的文徵明，在八十幾歲的時候寫小楷，還是懸腕的時候，就下定決心要把懸腕練起來。

書法史中談到懸腕寫字的部分不少，大都強調懸腕才能把全身的力氣送到筆端，才能寫好字，看起來懸腕是書法家必備的絕技，所以非練不可。但是，翻遍古書，卻很少講到懸腕要怎麼練。

古人懸腕的功夫是很厲害的，趙孟頫、文徵明、米芾都有在船上寫的字流傳下來，完全看不出來寫字的時候受到船的搖盪所影響。要做到那個程度，只有懸腕寫字才有可能，甚至要像晉朝人那樣，左手執紙、右手執筆，雙手懸空而寫。但是這個功夫太厲害，學生時代自認不可能學會，所以就從右手懸腕開始練起。

後來好不容易找到一段米芾練懸腕的紀錄。米芾的書法技巧公認是「北宋四家」中最繁複最厲害的，他自己說是利用感覺袖子垂墜在桌子上的力量去保持懸腕時手的穩定，所以，我就去找了條絲巾，每次練字的時候掛在右手手腕，用絲巾垂墜在桌子上的力道來懸腕。說來奇妙，雖然絲巾垂墜只有一點點感覺，但確實比空手懸腕容易控制許多。

這樣練了幾個月，懸腕寫字對我來說，已經是平常的事了，但要像文徵明那樣寫小楷也懸腕，還是不可能。因此這個懸腕寫小楷的功夫也就一直沒有放下，一直到退伍後到臺北工作，好幾年過去，我還是每天像蹲馬步一樣，懸腕寫小楷。

直到有一天，臺老問我寫字懸不懸腕。

我說，懸腕啊。您呢？

「您呢」是順口問的，臺老是大書法家，想必寫字一定懸腕，這還用說嗎？

沒想到，臺老嘆了一口氣，說，我現在都不懸腕囉，老啦。臺老說，現在能寫字就不錯了，懸腕是沒辦法囉。

哇塞，不會吧？當今第一書法家寫字不懸腕，那書上說的不都騙人嗎？我心中想，那我幹麼還辛苦練懸腕？

然而說來也怪，那時要我刻意不懸腕，反而覺得不順暢。所以，我從此之後寫字完全看情形，有時懸腕有時不懸腕，看精神狀況，也看字的大小。

其實就好像我現在常常跟學生說的，懸腕不容易，字容易抖，但抖久了就不抖了，寫毛筆字需要很高明的技術，所以需要訓練、需要正確的方法。但如果訓練和方法講求過度，反而會有傷害。

包世臣一輩子追求書法的技術和理論，但追求得過度瑣碎，所以陷入許多自我矛盾的方法之中，當然也不可能寫出多麼高明的字。

所以，我認為，現代人初學者就不應該懸腕，而應該先了解筆畫的力道應用，以及手、筆之間如何協調，等到功夫深了，手穩定了，很自然就會自動懸腕。蘇東坡說「我書意造本無法」的「本無法」，應該解釋為「本來就沒有一成不變的方法」，因此，把字寫好最重要，懸不懸腕，就不必強求。

再說，現代人喜歡寫書法就不容易了，其實枕腕也沒什麼問題，人家蘇東坡可以，我們應該也可以，是吧？

侯吉諒懸腕寫字

張繼高的品味

年輕的時候，經常跟隨老一輩的詩人、書畫家出入各種宴會，學習到不少吃飯的竅門，也見識到許許多多想像不到的學問。

古人說要學會穿衣吃飯，得富過三代。意思是穿衣吃飯的講究、其中細節、關鍵，沒有見識三代人的講究，是不會了解的。

那時來往的詩人前輩多是隨軍來臺的軍中詩人，沒有什麼規矩講究，吃飯的時候嬉笑怒罵、菸酒歌舞、葷素不拘，常常是喝了酒以後就沒大沒小的亂鬧。

這些詩人當時年紀都過半百，依然熱情愛玩，每次聚會，都要表演一下拿手好戲。瘂弦最喜歡唱他的「粉紅鳳凰」、辛鬱照例是高亢的江浙小調，管管就是那曲平劇，剛參加這些餐會的時候，很是佩服詩人們的多才多藝，後來參加多了，才知道原來就是一招半式走天下，沒有別的啦。

書畫家就規矩多了，請客吃飯通常在有包廂的餐廳，事先要下請帖，主客通常都盛裝出席，講究得很。

劉國瑞早年擔任王惕吾的主任祕書，很重要的工作就是幫王惕吾安排請客吃飯的事。請客要看主客是誰，然後安排陪客，座位席次安排是最大的學問，必須要了解每一個人的喜惡交情，而後才能安排妥當。

王惕吾創辦的《聯合報》一九七〇、八〇年代銷售超過一百萬份，賺錢如流水，加上報紙的社會影響力，王惕吾的人際關係異常複雜。當時他的最大對手《中國時報》創辦人余紀忠，中午安排的飯局是政經、軍警界要人，晚上則是學者、作家，這是有文章清楚介紹過的，王惕吾如何安排飯局，因為當時就在報社工作，不便詢問，以劉國瑞的處事方式，那絕對是安排到滴水不漏的地步。

書畫家請客吃飯自然也是看等級，年輕人隨便點無所謂，有了身分地位的人，請吃飯就有很多講究。首先，請吃飯的人一定不會只是單純請吃飯，然而為什麼請吃飯通常也不會在飯局上說，所以，像我們這種陪同老師出席的小輩，要懂得禮數和分寸。

首先，不能只知道吃飯，要懂得時時向人致意敬酒，但也不能過分。例如，學生和老師吃飯慶生的時候，不能自己興沖沖的「率先」敬酒，第一次敬酒，得由最有身分的大師兄發話帶頭，而後才能輪得到後輩小子。

許多文藝界的前輩都是美食家，張大千說，連美食不懂，怎麼會懂藝術。誠哉斯言，藝術要努力學習，美食花錢就可以輕易獲得，其實事情沒有這麼簡單，要會欣賞美食，也是需要講究和學習，而不是花錢了事這麼簡單。

文藝前輩中最講究生活品味的，可能是張繼高了。張繼高中、英文俱佳，我在聯合報的時候他創辦了《美國新聞與世界報導》中文版，經常到聯合報副刊走動，這個打打招呼，那個說兩句笑話，大家都覺得如沐春風。小說家蘇偉貞說得好：「繼老每到一個地方，都不會有人覺得被他冷落了。」第一次見到繼老，我剛到聯副不久，同事介紹我的名字，繼老馬上說我知道，寫書法的詩人嘛，好像也會篆刻。簡直讓我受寵若驚。

後來，也不知道為什麼繼老來副刊會經常單獨和我說話，讓我覺得太過被注意而不自在。不過也有可能是因為繼老有一肚子的書畫家的故事要和我說，而別人不見得有興趣就是了。

繼老有一次拿了一方當時一位篆刻大老的印章，叫我磨掉重刻，此事不能不答應，而又不能照做。

後來我找了一方相同大小的好石頭，按繼老要的句子刻好，大老刻的印章清潔整理後原封不動的奉還。

前輩高人鼓勵後進的方法有千百種，最常見的就是找你做點什麼事，寫字、畫畫、刻印章比較經常發生，但他們的要求通常也很高，一件小東西有時要磨好多次才會被接受，正是鼓勵的同時也是在看後輩小子是不是受教。我一直覺得，繼老叫我磨掉大老的印章，其實可能有點考驗的味道，也可能是我多心，不過後輩小子把前輩有落款的印章磨掉重刻，總是不太妥當。

繼老交遊廣闊，知道不少祕辛，常常問我「知不知道……」，為了怕被他問倒，惡補了許多清朝以後的文人軼事，這對我後來編輯高陽的小說也有莫大的助益。

繼老有空的時候就會找同事一起吃小館，不是什麼正式的請客，就是幾家有名的家常菜小館子。奇怪的是，這些餐廳自己去的時候不會覺得有什麼，但和繼老去，就會覺得特別好吃。

我問過繼老為什麼會這樣，他說，祕訣在點菜。點菜一是要知道什麼才是拿手菜，二是要知道如何搭配，三是看和誰來吃，然後忽然活用了一句成語，想要忘了都很難：「人參果不是誰都會吃的。」

張繼高一輩子經歷太豐富，年輕的時候，民國五十七年初，就出任中廣新聞室首任主任；六月，入英國湯姆森電視學院深造。民國五十八年學成返國任中國電視公司顧問；之後任中視新聞部首任經理、仍兼中廣新聞室主任，有這樣顯赫的經歷，很難想像他初到臺灣的時候，曾經因李朋間諜案入獄九十多天，或許就是這樣，他常常說，像他這樣的人，很不容易快樂，所以他要我幫他刻一個印章，叫「其實不然」。就如同他說的，凡事要看透，表相如何通常其實不然。

一九九四年繼老在臺北榮民總醫院接受檢查時得知左肺患有肺癌，在

《聯合報》副刊「未名集」專欄告一段落。那年冬天，他打電話給我，說要去上海過年，要我轉告同事，並要我下班時候去他家大樓管理處拿東西，他身體不舒服，就不和同事一一致意，也不和我見面了。

回家後打開他給我的東西，是他跟我說過好幾次交易祕辛的《寒食帖》，二玄社複製第一版，我立即了解，他這是在處理自己的身後事了。之後，聽張作錦說繼老嘗試許多方法治病，兩岸來回幾次，但都沒有效果。

一九九五年三月，繼老親筆撰寫小傳一篇；四月，預留遺囑：「不發訃、不開弔、遺體供解剖作醫學研究，火化後骨灰投入大海。」六月九日，國家文藝獎評審委員會通過授予張繼高「特別貢獻獎」，二十一日去世，年六十九歲。

以我那時的年紀，還沒有長輩過世的經驗，心中只是覺得茫茫的、空空的，好像少了什麼重要的東西，卻又不能有確實的感受。

後來才知道，那是因為一個典範的消失，一個曾經親近、但卻來不及學習的機會過去了，那種感覺至今想起，依然清晰。

道家王淮

一、思想的啟蒙

在我成長的過程中，很幸運的，在各個領域都有當代最傑出的大師引導教誨。大學時代，剛剛開始寫詩的時候，就獲得余光中、洛夫的指導，書法則在王建安老師每天的訓練下，有了紮實的基礎。畢業工作後，為了追求更深厚的藝術境界，於是潛心書畫篆刻，也幸運的受到臺靜農先生的指點，更得以拜在江兆申老師門下。

除了前述幾位，還有更多的前輩名家，都教導過我各類的知識技藝，在同輩創作者中，在某一方面和我相同經驗的固然不少，但要同時在各方面都有這種際遇的，我想不會太多，甚至可以說，我大概是唯一的例子。

這些老師們的作品、為人，都讓我在文藝的追求上得到無限的啟發。他們在各自領域的成就，如同燈塔一般，讓我不致在茫茫的藝術大海中迷途，當然也成為我追隨的目標。

不過，我從來不滿足於只是追隨老師，創作最重要的，就是開創自己的風格。但在學生時代，對一個剛剛踏入文藝創作之路的年輕人來說，如何才能創造自己的風格，甚至怎麼知道自己有沒有創作的天分，能不能有成績、值不值得義無反顧的投入，卻是最大的困惑。

我真的很幸運，因為，在那個時候，我碰到了一位在思想領域上影響我一生的老師——王淮老師。

記得那是大三的時候，聽中文系的同學講，他們系上有一位非常精彩的教中國思想史的老師，一句論語可以講解二小時，建議我不妨去旁聽。

我去了，而且就在我去旁聽的第一堂課，聽說向來不點名也不記得學生名字的王老師竟然走到我的座位，問，「你哪裡來的？」

很快中文系同學知道了這件事，直說不可思議。

因為王老師夜間部的課不但日間部的學生會來聽，連東海、靜宜、逢甲的學生，都會長期旁聽這位據說是哲學大師牟宗三最得意的弟子的課，所以不管有沒有選這門課，都要早早去占位置。因為學生太多，王老師根本不會注意誰來聽他的課，而王老師居然會來問我是哪裡來的學生，實在很稀罕。

二、聊天的智慧

就是這麼一個小小的舉動，讓我覺得，王老師不像中文系同學說的那麼高不可及。於是，在上了幾次課以後，我就鼓起勇氣，跟著其他中文系的同學到王老師的宿舍去「敲門」。

王老師住在學校的宿舍裡，門雖設而常開，只要學生扣門，沒有不讓進的。

去過幾次以後，我就單獨行動了，有空就去王老師那裡聊天。從此改上課為聊天，比起老師上課時一句論語可以講二小時的精密分析，和王老師聊天，只有「天馬行空」可以形容，那不是上課，也不是傳授功夫，根本就是知識灌頂，生命與靈魂的直接對話。

但對一個讀食品科學系的學生來說，和王老師聊天非常辛苦，因為經常不知道他在說什麼，順口而出的，究竟引用了什麼經典。

大概是那個時候開始，我拚命的讀四書五經，尤其是《老子》、《莊子》，更是不管懂不懂，先讀了再說。

其他書還好，《老子》可是精讀細背的，因為這是王老師的本家行當。他就出過這麼一本《老子探義》，據說是他大學時就寫好的東西，寫好了也不想發表，這麼一擱就十來年，直到教授升等要有著作，才不得不拿出來出版。

在王老師身上，我第一次領略天才是怎麼一回事，後來，在江兆申老師那裡，我再度知道什麼叫天才。原來天才不只是聰明，而是有一種特別的能力，可以輕易穿透一般人無法理解或必須困難學習的領域。

江兆申老師保存著一件他十一歲時初學篆書的作品，在短短二小時之內，他經由父親、舅舅的示範，就準確掌握到篆書的技巧，書寫筆跡明顯進步。

三、天才是難以想像的

我曾經和王老師提過這種天才的發現，他只淡淡的說，你要相信，天才是難以想像的。就是這樣淡然的態度，使我知道，原來一個人的才能，有無限可能。

王老師本身的天分，在我看，最粗淺的，是對古文的理解能力，而後是對古人思想模式的穿透能力。許多苦澀艱深的古文，王老師三言兩語的就交代得清清楚楚，真不明白為什麼有人可以在學生的年紀，就把《老子》那麼深奧的東西，分析得明明白白。

王老師上課的時候，常常講一些許多學生喜歡的「名言」，例如，他常常說，人的本質是孤獨的，但生活可以孤獨而不寂寞。

「如何可能」才能做到「孤獨而不寂寞」呢？那就要讓自己的心靈強大，所以「交朋友也要交那種有強大心靈的」。這是王老師的強人哲學。

王老師並不教我寫詩、寫文章、繪畫、寫書法，但他教我思考的能力，那是更根本的、可以圓滿自足的能力。

其他許多老師教我的東西，我當下不見得知道有多重要，但王老師教的東西，我知道，是一輩子都用得上的，也是要用一輩子去學習的能力。

四、不平凡的美學

所以，畢業以後，我仍然常常去找王老師，問他一些當時的困惑，也從他的生活態度中，領略一種非常超脫常俗的、不平凡的美學。

王老師在新店花園新城有一棟公寓，他大概每隔一兩個月會從臺中上來，或是寒暑假的時候來住一陣子。還沒開車的時候，我常常騎摩托車去，和王老師亂聊，抽他的新樂園、喝他那種特別濃的茶，彷彿學生時代，在他的宿舍裡，沒有預設立場、目的的聊天。

不知道為什麼，許多當時覺得無法突破的人生的困惑、工作的困境，總是在和王老師見面後，就很輕易的度過、克服。

王老師談中國思想，也談現實的政治，更談人生的態度，他對人世的一切興衰起落，都有很準確的預測，是最厲害的「趨勢專家」，也是最高明的哲學家。我最佩服和嚮往的，就是他這種「看穿真相」的能力。許多學生都可以從他上課的精密分析學到這種綿密嚴謹的推理。

王老師上課很精彩，他的名言是，「思想和數學一樣，小數點都不能錯過。」所以他教中國思想史的時候，論語孟子的一句話可以講二個小時，細細推論、不斷反覆辯論，一堂課上下來，就好像做了一次心靈的三溫暖。

但我知道自己的程度太差，沒受什麼古典文學的訓練，一個科目一個科目的上課來不及，所以得自己想辦法趕上中文系同學的進度。因此我在練書法、寫現代詩和做實驗的空檔，開始大量閱讀古代經典。

那時中興大學剛剛蓋好漢寶德設計的圖書館，許多同學都喜歡到圖書館讀書和談戀愛，我則只去圖書館借書和查資料，那是高中在成大圖書館就養成的習慣。高二時，我姐姐從臺大圖書館系畢業，開始在成大圖書館工作，因為這樣的原因，我知道圖書館的功用不應該只是一個讓大家念書的地方，更是一個查資料的地方。

也就大三那年，上了「流體熱力學」這堂課，那位老師第一堂課說的話，至今依然深刻，他說：「我今天教你們的東西，都是二、三十年前就已經發展完成的老知識，你們其實可以自己查資料就可以，但還是要上課的原因，是我的課要教你們自己閱讀和查資料，自己教自己，比老師教的還要重要，但是要有方法。」

我想到王淮老師心中那深不可測的學問，忽然明白，上王老師的課非常幸運，但也非常浪費老師的才學。重點是，不應該只期待和滿足於老師的說文解字和精密分析，而是盡量充實自己的基本能力，這樣，才能領略他看似靈光一閃、其實是深思熟慮的智慧。

於是我開始去圖書館，和王老師聊天時不懂的東西，心中記起來，然後趕快到圖書館查資料。

久而久之，這樣的方法，就變成我的習慣了。

五、讀不盡的《老子探義》

和王老師聊天，還無意中訓練了我一個在同輩中少有的「聽音辨意」的能力。

王老師是安徽人，鄉音頗重，所以不容易明白他說的是什麼。幸好引經據典的時候都是「似曾相識」的句子，猜一下也就大致明白他說的是什麼，這樣一來，也就慢慢聽懂他的意思，「聽音辨意」的能力也就增加了。

這「聽音辨意」的能力帶給我許多好處，尤其是和長輩們聊天的時候，方便許多。因為工作和興趣的關係，我認識許多文藝界的前輩，和他們的往來比和同輩的朋友更多，他們大都也很喜歡和我聊天，除了懂他們會的東西，我想更重要的，是我聽得懂他們的鄉音。

更妙的是，在我往來的長輩中，我還注意到，雖然各個省分的都有，但以安徽居多——江兆申，安徽黃山人；臺靜農，安徽霍丘；汪中，安徽桐城；詩人張默，安徽無為；聯合報的老長官劉國瑞、安徽廬江；劉昌平、安徽舒城；季野，安徽無為，我和安徽人似乎特別有緣，而和他們講話之所以沒有什麼困難，全部都是因為王老師是安徽人。

這種特殊的經驗，使我相信，人與人之間，確實有一種難以說明的緣分存在。

王老師退休以後，我們還偶爾見面。記得最後一次見面的時候問他，有沒有想要回家鄉去住？沒想到王老師說還是要留在臺灣。

一九九五年以後，因為臺灣的政治變動和海峽兩岸關係的演化，許多當年動亂時期隨軍隊或政府來臺的老師們都移民國外。他們害怕戰爭的心理，我很能理解，而同時告老還鄉的心理，也是人情應有的心理，所以我問王老師，有沒有想要回安徽長住？

王老師回答說，在中國歷史上，臺灣現在的狀況，是最「有趣」的情形，他要留下來好好看一看臺灣人的智慧與發展。

當時我對政治對立、衝突日激、國力空轉的臺灣原本感到憂心，不知道為什麼，王老師的這番話，竟然覺得臺灣還是有希望的。

後來的幾年，我因為工作、人生的際遇都有極大的轉變，需要耗費全部的力氣去面對新的挑戰，就再也疏於和王老師聯絡。但想到王老師還在臺灣，就對整體社會和自己有所信心。

二〇〇九年九月底，突然接到王老師家人的信，說老師突然走了。

王老師的家人寫信給我說，王老師退休後一直獨居於臺中中興大學附近的復興街，過著「孤單但是不孤獨」的自在生活，菸不離手、釅茶不斷。九月十九日傍晚感不適，住進臺南成大醫院，醫師未能來得及幫他做正式檢查，於九月二十一日凌晨四點三十六分撒手人寰。

老人家面容安詳一如他的行事作風，揮一揮衣袖乘化而去。

家人對於王老師的後事處理，順應王老師的作風，不應俗禮、不發訃文、不收奠儀，九月二十六日早上九時至十二時入殮及瞻仰儀容，火化後，另日再將老人家骨灰一部分帶至黃山之巔及淮河之濱，另一部分將帶至臺灣東部的湛藍太平洋之濱。

王老師是我平生所見最瀟灑之人，其於生死大事，竟亦如是灑脫！

我知道王老師過世的時候，實在是無法相信，也來不及去見他最後一面。

說起來，真是讓人覺得遺憾。這十年來，我最常常想念的，就是王老師，可是，卻無從找起。因為我記的幾個電話總是找不到他，我認識的同學朋友，也沒人認識他。所以，十年前那次在花園新城見過王老師後，就再也沒見過他了。

當然，要找王老師，也沒那麼難，只是我和老師一直是這種「電話打通了你就來」的見面法，所以從來沒刻意去尋找他，總是覺得，太刻意尋找，不像是老師的學生應該有的風格。在這十來年的時間裡，我總是這樣安慰自己，也總是想著，什麼時候時間對了，就自然碰面了。

當然，這也只能是我自己強作解釋的理由了，王老師走了，遺憾是無法補救的。

不過，老師如果知道我這麼想念他，常常一遍一遍地「讀不完」他的《老子探義》，大概還是會微笑的吧。

朱龍盦及其他

一、境界的存在

對我來說，朱龍盦這個名字曾經是一個模糊的「境界的存在」。

一九七八年，我大一的時候，我們的國文老師朱玄有一次請全班同學到她彰化的家玩。在那個古舊的日式房子中，我第一次看到朱龍盦這個名字。

朱老師說，那是她父親，已經過世了。

那時，我開始認真的學習書法，但最大的興趣是寫詩、看很多現代文學健將的文章，對蓬勃發展的現代文學和充滿朝氣的現代繪畫有很大的興趣。朱家牆上朱龍盦先生古樸的禮器碑引起我很大的興趣，甚至在很長的時間內，朱龍盦的隸書對我而言，幾乎等於古老書法的「活化」。

那時流行的書法是顏真卿和柳公權，連大部分的手寫廣告招牌字都是顏柳的風格，以致讓人很厭惡這兩位書法家，甚至從而排斥書法，我也不例外。當然那時不明白，廣告招牌的字是油漆畫出來的，早就沒有了書法的自然流暢。

那時也沒有多少字帖可以選擇，大都是翻印再翻印碑刻本，字體僵化而無生氣。但朱龍盦的隸書卻像「活的書法」那樣，雖然字形字體很古老，但卻是活的，因為朱龍盦的隸書是「寫」出來的，一筆一畫，都可以感受到毛筆在紙張上面運動的痕跡。多年以後，我長久臨習禮器碑，想要達到的，就是朱龍盦的境界。

可是對一個沒有受過藝術訓練、對臺灣藝文環境不熟悉、對中國傳統書畫文化也很陌生的大學生來說，其實朱龍盦代表著什麼，我當時也並不明白。

二、更深入了解中國書畫

很多年以後，我決定更深入了解中國書畫，系統化了解整個傳統書畫的演變。從晉朝的書法、宋朝的繪畫開始，我第一次「真正」感受到傳統書畫的博大精深，有了「藝海浩瀚、如何可追」的茫然與感嘆。

一九九一年跟隨江兆申老師學習之後，我仔細重讀了江老師的文字著作《關於唐寅的研究》、《雙谿讀畫隨筆》、《文徵明行誼與明中葉以後之蘇州畫壇》，從文字到書法到繪畫，比較完整的了解明朝《吳門畫派》的整體面貌與個人風格之間的關係，開始了解每一件書畫作品後面，都有一個更精彩的人的故事。例如唐伯虎其實並沒有那麼風流瀟灑，甚至連「唐伯虎點秋香」這個故事都是假的，但唐伯虎的書畫對我來說，反而因此更有吸引力。

從吳門畫派，我慢慢上溯「元四大家」：黃公望、吳鎮、倪瓚、王蒙的繪畫，再追溯到趙孟頫，一直到北宋的偉大山水。

在了解傳統繪畫演變的同時，我從江老師的作品中，不斷看到古人的筆墨如何化作眼前的山水，江兆申老師畫的那些畫，雖然是同樣的筆墨、造型，但整體風格和古人的畫非常不同。這樣的轉變從何而來、因何而生，是我當時每天在自己畫畫寫字時不斷重複思考的問題。

江兆申老師的書法也常常讓我有這種感覺，他的字，只要是臨摹古人的經典，就一定非常接近原作，但卻一點都不生硬僵化，彷彿那些字是他原來的字體。這個功夫讓我回想到記憶已經非常依稀的朱龍盦，在彰化那個日式房子中看到的禮器碑，那是在其他書法家的作品中很少可能看到的氣息。

三、寂寞朱龍盦

二〇一一年八月，「朱龍盦一〇五歲紀念展」在歷史博物館展出，我終於在展場看到記憶中的禮器碑，還是那樣大氣雄渾、自然流暢。

但我還是非常訝異朱龍盦在那樣的年歲就創作了那樣數量龐大的書畫。即使以現在的眼光來看，放眼當今，朱龍盦的書畫還是數一數二。

朱先生過世得早，一九七五年就走了。那時，臺灣現代化的腳步正剛剛開始，年輕文化人的熱情慢慢集中在「新」的事物上，大家有興趣的是現代詩、現代舞、現代畫。而再過十年，臺灣的股票市場從數百點到破萬點，經濟的熱河淹沒了所有藝術的關注，朱龍盦的書法、繪畫、古琴、篆刻雖然精彩，但生不逢時。

至少，三十多年來很少聽到有人談到過朱龍盦，因為時代的潮流剛好在這三十年間有了很大的轉彎——臺灣各方面都急速現代化了，傳統文化的價值在政治、經濟的雙重變動下，有意無意間被冷落了。

傳統文化被冷落的結果，是臺灣整體文化的低落。二、三十年來，臺灣整體的文化很明顯處於一種迷失的狀態中，講到傳統，大家總是一臉茫然；講到現代，又腦袋一片空白。如果問，可以代表臺灣文化的是什麼，更可能不知如何反應。

其實，在朱龍盦紀念展展場，就很容易看到這種現象。我去看展覽的時候，歷史博物館人不少，遺憾的是，大部分都是看畢卡索的。我的許多學生去展覽的時候，也都有相同的經驗。

這麼多年來，臺灣的大型展覽，已經被炒作成不折不扣的商業行為，而不是文化的或美術的展覽。賣門票、賣周邊商品的利益收入重點，展覽本身可以帶給觀眾什麼，早就不重要了。

如同最熱門的黃公望〈富春山居圖〉特展，那麼擁擠的人潮，不斷被催趕向前移動，這樣的展覽只是消耗了觀眾的熱情而已。

相對來說，朱龍盦的紀念展就精彩多了。一百多件的書、畫、篆刻、古琴，一個何等豐實的儒雅的世界。

在展覽大廳看了一圈，顧場的小姐過來說，「我看你看得很仔細，提醒一下，還有另外二個房間，也有作品。」

我很訝異有人在展覽會場如此仔細觀察觀眾的反應，我想，也許這位小姐也的確覺得，這樣的展覽不仔細看，實在太可惜。原來，重視自己文化人和他們的作品，也可以這樣輕易做到。

江兆申畫梅

一九九一年，江兆申先生在南投埔里的畫室落成，就從臺北搬到埔里長住，畫室占地面積不小，有假山、水池、巨石、老樹的庭院，畫室名「揭涉園」，在鯉魚潭邊，面對埔里壯觀的山色。

江兆申先生住埔里的時候，喜歡叫學生到埔里，有時只是在畫室上課，偶爾也會和學生結伴出遊，歷覽中部地區的好山好水。

只要能力所及，傳統畫家大多喜築園林，近代畫家最有名的，當然就是張大千在巴西建八德園，晚年回臺灣定居後，在外雙溪更建構有名的「摩耶精舍」。由於畫家的緣故，「摩耶精舍」園林中的一草一木、一石一水都有說不完的故事。畫家常常會把繪畫觀念帶入園林的經營之中，園林如何安排，每每與畫裡的構圖意境互相呼應，園林呈現的，不只是畫家對住家環境的講究，往往也是畫家胸中丘壑的再現。

明朝中葉御史王獻臣致仕後經營蘇州拙政園，大畫家文徵明親為規劃園林景物，至今園中仍有文徵明當年的題匾和手植的紫薇。每次去拙政園，光是看那些文徵明的遺澤，聯想到他的精美的書畫，每每有無盡的想像和嚮往。

江兆申老師對「揭涉園」的花草樹木看似不甚著意，其實相當用心。每次到埔里侍奉老師畫畫寫字，早上起來總是看到他拿著小剪刀在修剪盆栽，也常常發現種了新的花木。

「揭涉園」中的花樹是江老師移居埔里前就開始尋找了，許多園林專家也陸續在留意適合的樹木，遇到適合的，老師總是不辭辛勞的親自前往查看。每次總也有學生陪侍，看花看樹、順便遊山玩水，回來再看到老師把相關經驗化為書畫作品，更是非常深刻的學習。

一九九二年江兆申老師第一次返回闊別四十年的家鄉黃山，取道杭州千島湖溯富春江、新安江到黃山，這條水道就是當年黃公望畫〈富春山居

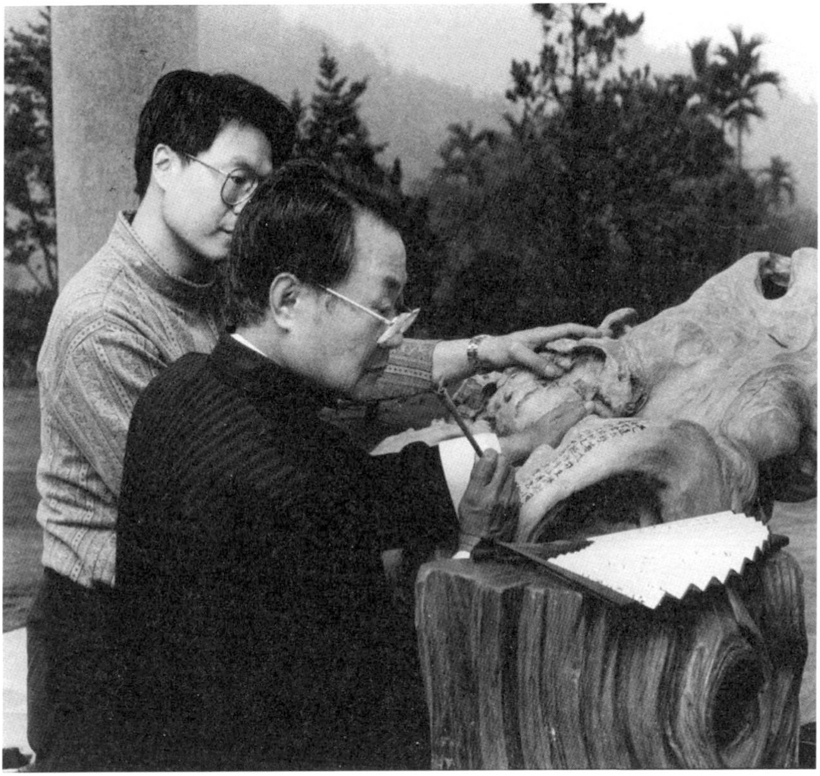

江兆申老師於收藏的奇木上題字

圖〉的地方。黃公望畫畫時是隨意添加，並沒有刻意描繪特定的場景，但〈富春山居圖〉仍然頗為具象，黃公望出神入化的筆墨宛然真似富春江的景色，秀潤蒼鬱，幾百年被推崇為文人畫的最高成就，當然也影響了之後山水繪畫的發展；江老師當年離開家鄉的時候，即是沿江走路一個星期才到達杭州，那次溯江航行，老師沿途指點真實江山景物，並隨意點化繪畫的山水風神，耳聽、目聞、懷想，收穫真正不可思量。

回來後我以之為題材寫了〈秋行富春江〉一詩，自己甚為得意：

秋行富春江

多水分的墨色淺淺畫在空白的宣紙上，
慢慢暈開，像薄霧在湖面升起，
微風吹過樹梢——
離開杭州的時候，西湖尚未醒來，
梧桐和荷花都還在白茫茫的空氣裡，安靜極了，

湖邊樹下打拳的老者馬步下蹲，右臂高舉，
白鶴亮翅的左手畫過胸前，
緩緩推出的掌勢像霧的飄飛，
細細地，有不知名的鳥叫在漸囂的市聲裡，
就這樣，我們經過埔里小鎮般景色的桐廬，
沿著富春江，黃公望畫山居圖那樣用筆疏淡的，
一座山頭一座山頭的，
經過許多山村與水鎮，經過
當年他徒步走過的
少小離家的心情。四十年了，江山，依舊如畫，
可以一一指點清楚，
每一個山坡與水口，
每一個景色，
都彷彿只是昨天，
那些重重疊疊的夏冬與春秋，

都清楚如重墨焦筆提醒的苔點：
橫者如舟，在透迤的水面，
豎者像樹，在緩緩起伏的山巔，
至於那些歪歪斜斜的，便就是
山岩上的幾片落葉，沙洲上的一截枯枝，以及
題在水天不分之處的落款了。

落款中沒有寫完的心事，
全都飄散在雪白的宣紙上了，
其實，那雪白裡，還有幾絲淡墨，一些
乾筆擦過的痕跡，都是不易察覺的，
像到達深渡時，
他一向凌厲得可以解剖山水的眼神
突然泛起的溫柔：在富春江口，
新安江悠悠從山的另外一邊，

從家鄉的方向，
從見過千百回的夢中，
流了過來——
在兩江交會處，
一葉烏篷船，安靜的在水上，
在彷彿凍結的時間中，睡著了。

中國山水繪畫很早就脫離單純描繪風景的範圍，風景通常不只是風景，畫家畫的，是他的心境，即使無意為之，筆墨總是自然流露這種傾向。

元末畫家倪瓚好畫山水，但他的山水類似西方極簡主義，不但畫中景物極簡，描繪景物所用的筆墨也非常簡略，以致有人說他惜墨如金。簡單的筆畫、乾澀而溫潤的墨色，彷彿古人形容西施的美麗，多一分太多，少一分太少；倪瓚天性愛潔，每天叫人把庭院中的樹木都洗得乾乾淨淨，他的畫他的字也在在是這種潔癖的再現。

張大千則是一個愛熱鬧的畫家，他的「摩耶精舍」每天高朋滿座，親

江兆申贈侯吉諒〈雲山圖〉

友來來去去，就像張大千的畫總是充滿瀟灑的筆墨、華麗的顏色。

在寂寞與繁華之間，畫家們總是用自己性情為繪畫做了最好的註解。「揭涉園」是江兆申老師自故宮退休後待得最多的地方，他的朋友們總是熱心的為他尋找適合園林的花木樹石。一九九三年有人建議江老師在園中栽種梅花，並且為他找好了一株風櫃斗的老梅，就等老師親自去查看認可。

為了選梅花，江老師兩次到風櫃斗看梅，回來後分別畫了作品，而且都寫了長跋記述其事。有一年在香港，董橋提到江老師這兩件作品，說「那個跋文你們學生大概是寫不出來的。」一代散文大家的眼光果然不一樣，董橋收藏書畫極為有名，他看字看畫往往看氣韻而不是看技法，讀畫而談跋，這樣的眼光現在的收藏家是少有了，也難怪江老師引以為知己，和董橋寫字所流露的幽默，更是平常少見。

江老師晚年的信件都由我經手處理，當時徵得老師同意，所有的信件我都先影印留存。那時是唾手可得的事，現在想來才明白那是多麼難得的收藏機會。

莊嚴與瘦金體

臺靜農先生認為：慕陵（莊嚴）以能臨摹宋徽宗的瘦金書，大有興會。除兩人習帖悉由薛稷、褚遂良入手，路數相彷。但更重要的是莊嚴先生才性所致，故其書瘦金體：「懸筆高，下筆疾，大有輕騎快劍，一往無前之慨，這一境界卻不是人人所能夠達到的。」

瘦金體自宋徽宗成為亡國之君後，漢人幾乎沒有什麼人有興趣學，倒是他的敵國皇帝金章宗非常崇拜宋徽宗，寫的就是瘦金體一路，但並未能到家。

漢人不學瘦金體，是因為宋徽宗作了亡國之君，他的曾外孫金章宗學瘦金體，是因為羨慕崇拜宋徽宗的文化素養。宋徽宗在位二十二年，他領導下的宋朝創造了歷史最繁華的盛世，北宋之所以滅亡，未必全是宋徽宗的責任。

「宋徽宗在位期間，中國幾乎是世界上最先進的國家。在位二十多年間，這位極富藝術天賦的皇帝引領宋朝達到了文化上的鼎盛。」美國學者尹沛霞以數十年時間完成新著《宋徽宗》一書，有極為詳細的研究。

宋徽宗對中華文化的貢獻以及他個人的藝術成就，都被嚴重貶低了。

瘦金體是楷書發展的極致，宋徽宗天分之高，其實難以想像。瘦金體的難，首先是筆性特殊，沒有適當的筆，瘦金體很難表現，二是字本身的結構非常精準，沒有相當天分，不可能寫好瘦金體。

歷史上的經典名家很多，歐陽詢、顏真卿、柳公權都是入門首選，就算學得不好，也都可以有幾分面貌。所以即使學得不太像，似乎也沒有什麼特別的關係。

唯獨瘦金體不能不像，因為瘦金體的結構非常精準，差一點點就失去瘦金體特有的味道，所以宋徽宗的瘦金體是絕對的標準。只有宋徽宗的字才是瘦金體，凡是不像的，就統統都不能說是瘦金體，更沒有什麼「XX

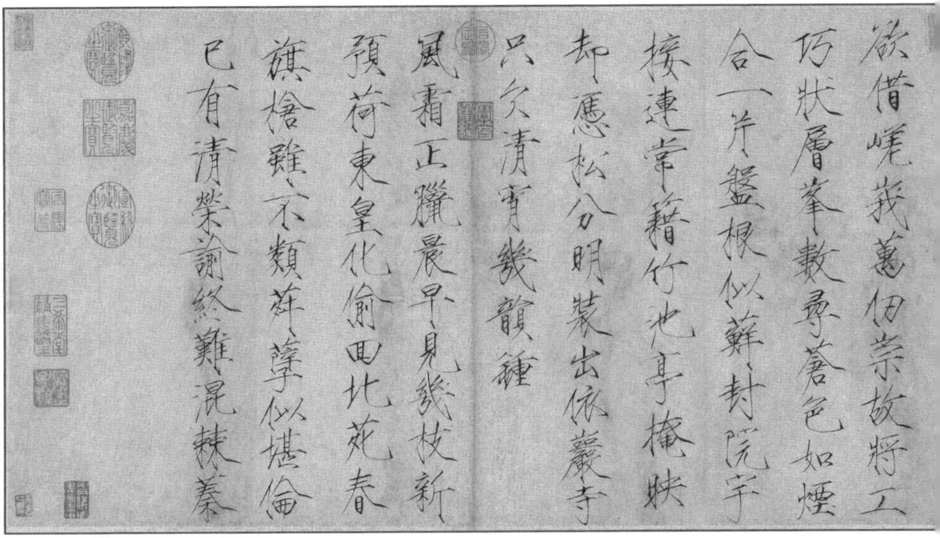

宋徽宗瘦金體

氏瘦金體」之類的說法。

以往常常有人說詩人周夢蝶的書法是瘦金體，大概是因為周夢蝶的字很乾瘦，所以有此一說。然而周夢蝶的字完全沒有瘦金體的特色，瘦金體的華麗、雍容、貴氣、瀟灑，周夢蝶的字統統都不具備，事實上，周夢蝶枯瘦冷澀，也寫不來瘦金體。

寫字，還是要有幾分性情相近才容易學得會、學得好。

輯二

書為心畫

讀詩寫字

年輕的時候，臺灣最有名的書法家是臺靜農先生，因為臺老年紀夠大，當然，更重要的是他書藝、學問、人品都令人景仰。

他是魯迅、張大千、莊嚴好友，當年文學、書畫交遊皆成佳話，自然也是許多文章中的典故。他擔任臺大中文系主任二十幾年，真正桃李滿天下，因而他那一筆險峻又明麗的書法，極受歡迎。

臺老又是那種來者不拒的個性，所以當時很多電視連續劇都請他題名，鄭少秋演的《楚留香》就他寫的。《楚留香》播出的時候幾乎家家戶戶都在觀看，那時所有的大學生也都迷《楚留香》，可以說，很多人可能不知道誰是臺靜農，但所有人都看過臺靜農寫的《楚留香》。那是民國六

十七、八年間，我念大一的時候，因為喜歡書法，自然留意到臺靜農這個名字，也注意到報章雜誌所有寫到臺靜農的文章，都是極為恭敬讚揚，因而也就開始模仿臺老的風格寫字。不僅如此，在報紙上看到林文月的文章寫到日本溫恭堂幫臺老買筆的事，心中十分豔羨，自然也想要到日本買筆。不過當時臺灣相對落後，出國極為難得，對一個窮學生來說更是如此，等到我終於實現這個願望的時候，少說也是十年以後的事了。

畢業以後在臺北工作，來往的文藝界人士多，知道了臺老更多事，當時我才二十四、五歲，臺老則是八十六、七歲，年紀輩分相差太多，加上沒有什麼書畫背景，也無人可以引薦，所以並不存想有朝一日可以認識臺老。

不認識臺老並不妨礙我臨摹臺老的字，當時我常去的幾家畫廊、裱褙店、筆墨莊都熟悉臺老，也都有臺老的書法，所以經常可以仔細觀察臺老的書法，甚至借回家仔細臨摹。

後來高陽在《聯合報》發表新的長篇小說〈鳳尾香羅〉，主編瘂弦要我寫字當標題，高陽看到報紙還打電話特別感謝我們找了臺老寫字，害我不知如何回答，因為我自己知道我寫得不像臺老，差太多了。高陽之前的一些小說都是臺老的題字，所以他以為〈鳳尾香羅〉也是臺老寫的。

高陽的電話讓我開始反省自己寫字的目標，一個二十幾歲的年輕人，怎麼可能寫得像八十幾歲的老先生，就算像，恐怕也是有點問題。當時我有這個想法，卻不知這個想法真正的意義。

在聯合報工作的時候終於有了機會認識臺老，當聯副同事、小說家蘇偉貞介紹我的時候，臺老說了兩句話，讓我非常訝異，他說：「知道，侯吉諒，寫詩寫字嘛，都很好哇。」

一位文壇書壇大老竟然知道我這個剛剛出道的小編輯，那實在已經是莫大的榮幸和肯定了。

初次拜見是假借工作的需要，我只是盡責幫同事的訪問為臺老拍照，沒有說什麼話。臺老在照相機前非常自在，抽菸、聊天、寫字，幾乎沒感覺我的存在。

後來臺老寫字的時候問我，有沒有喜歡什麼句子，要寫給我，我因為完全沒有準備，只能窘迫的回答「臺老寫的都喜歡」。臺老看似隨意的取了桌上的詩集，翻了一翻，隨即寫了宋人程俱的詩，「人生當復幾兩屐，我飲寧須三百杯。破硯猶堪磨老境，醉拈椽筆掃霜煤。」並題了上款給我。

當時對這首詩其實沒有什麼深刻的感覺，如同我說的「臺老寫的都喜歡」而已。

後來仔細體會，卻覺得臺老在眾多詩詞中選了這一首應該是別有深意，首先一定是他自己非常喜歡的句子，再深入吟賞，才發覺臺老寫的這首詩，根本就是「夫子自道」。老先生對文字書法的造詣，借文字書法抒發懷抱的用心，我好幾年以後才終於了解。

前輩書法家寫詩題字對內容都非常用心，對寫什麼內容、寫給誰，都很有講究，收到字的人，如果對文字不了解或不用心，或許就會錯失許多事情。

民國八〇年我初入江兆申老師門下，老師那時剛剛退休，大部分的時間都在埔里，二週一次回臺北看醫生，我也就每二週一次到老師臺北家中上課。我入門的時候，最年長的師兄已經跟隨老師超過三十年了，其他人當時都已經是書畫名家，我是江門中年紀最小、書畫程度最差的小學生，所以每天生活就是上班、下班、寫字、畫畫、讀書，努力提升自己的書畫技術和知識，希望可以早日跟上師兄們的程度，非常忙碌而充實，因而也就沒有想到其他。

有一天，忽然收到江老師寄給我一件書法，上面寫的是：

一從守茲郡，兩鬢生素髮。
新正加我年，故歲去超忽。
淮濱益時候，了似仲秋月。
川谷風景溫，城池草木發。
高齋屬多暇，惆悵臨芳物。
日月昧還期，念君何時歇。

落款比較特殊，寫的是「壬申江兆申書韋蘇州元日寄諸弟」。說特殊，是因為老師把「寄諸弟」三字寫在最後，一般老師的落款一定是名字最後，這樣印章才能緊跟名字。「寄諸弟」三字寫在最後，非常醒目。

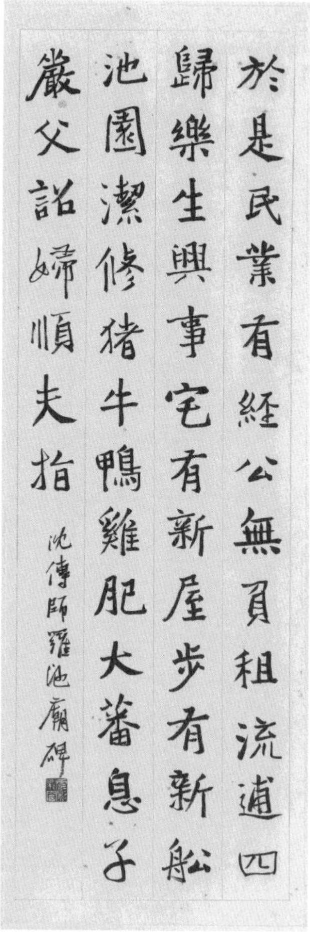
於是民業有經公無貝租流逋四
歸樂生興事宅有新屋步有新船
池園潔修猪牛鴨雞肥大蓄息子
嚴父詔婦順夫指
沈傳師羅池廟碑

紛紛令儀明府體之仁義道術明
府膺之黃朱邵父明府三之台輔
之任明府宜之吕病被徵委位致
仕民懷思慕遠近搔首
漢北海相景君碑

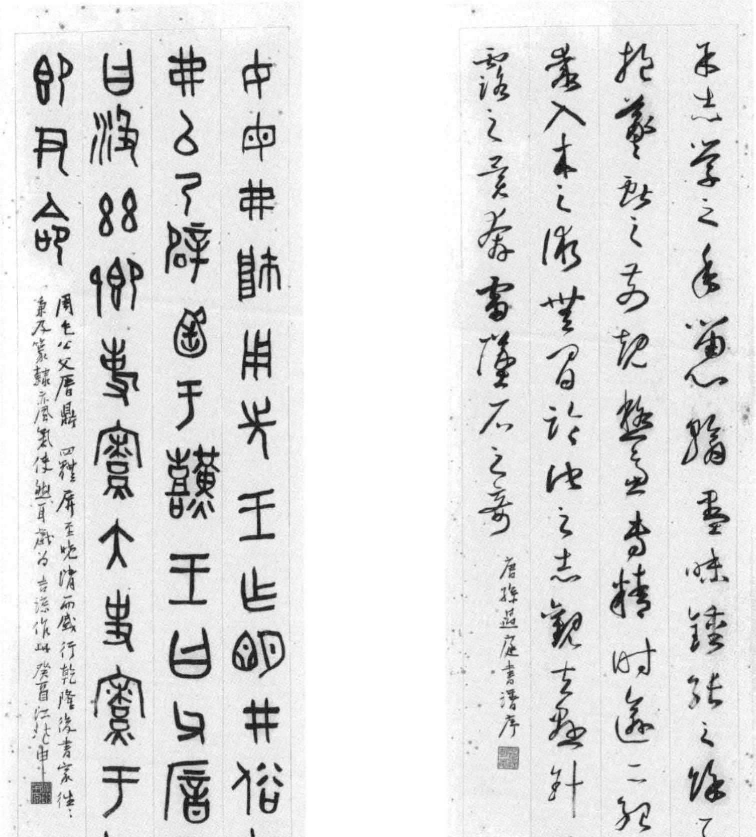

江兆申贈侯吉諒書法四屏

我看了一遍老師的這件書法，立刻醒悟自己太笨了。

當時我在《聯合報》工作，平常上班六天，一年只有十天年假，所以從來沒有想到要去埔里看望老師。因為當時雖然已經有了高速公路，但從臺北到埔里至少要花四、五小時，所以要去埔里還得特別安排請假才能成行，但老師寫的韋應物的詩讓我知道我應該做什麼，所以當天就請了三天假到埔里。

二、三十年後回想，常常覺得像臺老、江兆申老師他們這一輩的文人實在是「高」，平常說話寫字都時時隱含高深的意義，都是對後輩展示了很難明說的心境。他們怎麼能在那麼多的詩詞中，找到一首可以表達自己心境的作品？這種修為實在太過厲害，至今我仍然做不到這點，而老先生們知道我讀懂了他們所寫詩文的文外之意，大概也會覺得欣慰吧。

寫序題字

一九七〇、八〇年代，年輕的書畫家、作者，出書、開展覽的時候，通常都會請名家寫序、題字。

一九八七年我出版第一本詩集《城市心情》的時候，最期待余光中先生寫序，但那時余光中如日中天，請他寫序的人太多，余先生說可能一兩年內都寫不了。那時出書不容易、詩集尤其困難，等一兩年可能出版的機會就沒了，所以就改請洛夫先生寫序，洛夫爽快豪邁，很快就寫好，全彩精印的《城市心情》出版後，羨慕死不少人。

洛夫寫序很用心，我寫詩的長處缺點都說了，讓我更清楚以後寫作的方向在哪裡，要改進的是什麼。

同年，我也準備出版第一本散文集，請瘂弦寫序，瘂弦用了好幾個月的時間才交稿。瘂弦是聯副主編、文壇祭酒，所有作品的生殺大權都在他手中，但對那些比他大的大老們，他也不得不小心伺候、頻頻催稿。

催作家交稿是編輯的惡夢之一，所以瘂弦說，以後他退休寫作，一定不拖稿。可是那時他還沒退休，所以我的《滿地江湖》就等了他好幾個月。不過他也沒能怎麼拖，因為我那時在聯副，在他手底下工作，每天見面每天問，就算沒問，眼神一瞥他就得連忙聲稱「在寫了在寫了」。其實大家都知道，根本沒寫。

瘂弦交稿後，我本來準備以他的原稿製版出版，他嫌字不好看不答應，那標題用寫的總可以吧，他說那行，不過他得練一下，結果他換了好幾枝筆、好多種紙張，才寫出他滿意的字，但我其實覺得都差不多。不過這也讓我見識到作家們如何重視自己的字跡，尤其是要直接印出來，那就更不能草草了事。

認識臺靜農的時候，心想要他寫字題書名卻不敢說，未料從此失去機會，所以跟隨江老師以後，第一件事向老師請求的，就是請老師題書名。

題完書名，心想還要有更保險的方法，所以再請老師題了「侯吉諒散文集」、「侯吉諒詩集」、「侯吉諒作品」等等，那是無論什麼時候都可以用得到的題法，本來擔心老師不高興，沒想到老師都一一答應。

後來有師兄問我，說「聽講仙耶加你題書齋，真耶啊假耶？」我才知道老師答應題字是多麼難得的事。有些師兄入門二十多年，就是不敢請老師寫齋名，沒想到我入門不久就什麼都寫了，說實話，那是我不知死活，如果事先知道師兄們都不敢請老師寫字，我哪裡敢？

現在許多年輕創作者的簡歷，大都不會提到他們的老師，覺得甚為奇怪。這有可能是現在的年輕創作者都是「科班」出身，他們的老師也就是學校的老師，所以沒有特別可以提到的地方。

現在所謂的「科班」出身，指的是從美術、藝術科系畢業的學生，老師和學生就是學校的那種關係。學生學到的，就是上課的知識；而以前的科班，則是指跟隨老師一起生活的那種師徒關係，學生學到的，是老師的所有一切。

老一輩的書畫家、作家，大都有許多學生，學生尊崇老師，老師也照顧學生。周澄師兄最喜歡談他從宜蘭到臺北念師大藝術系時，住在江老師家的故事，除了看老師畫畫寫字，也常常陪著老師參加各種雅集，因而認識了所有當時最重要的書畫篆刻家，讓他的眼界、人際關係在同輩之中無人能比。這個故事周澄講了一輩子，我至少聽過幾十次。

這種「培養」所產生的效用是用其他的方式都無法相提並論的，要認識、拜見一個有成就的書畫篆刻家是不容易的，然而在雅集這樣場合，卻可以一下子認識很多，而且可以適當表現專長，得到許多指點，這些指點有時可能只是一句「要更厚」、「要有煙雨氣」等等，也不見得可以馬上領會，但卻受用一輩子。

在臺灣書畫家中，周澄大概是唯一一位在學生時代就有機會出入這些場合的人。他從一九六六年開第一次展覽就一帆風順，和江老師的提攜有絕對的關係。

以前學習書畫要出道，最重要的，就是要獲得老師的首肯，老師不答應，哪裡可以下山行走江湖？有了老師的首肯，學生行走江湖通常也會順利一些。

我們年輕的時候如果要出書、開班、買賣作品，少不了要請名家寫序、題字，因為寫序題字都是一種肯定的意味，有了名家題字，不言可喻就表示你的創作得到肯定，剩下的就只是火候的問題。學生尊崇老師固然可以推高老師的地位，老師提攜學生的「效果」，那可是立竿見影、開門見山的事。老師不提攜，可能要奮鬥一、二十年才入得了江湖，即使入了江湖，沒有老師的扶持，也可能很快就滅頂，或者就只能一輩子在江湖中混，成為名副其實的江湖藝師。

現在的年輕輩都不談老師，卻喜歡結夥作社。其實朋友之間大家彼此能力、年紀、經驗相當，在提升作品的層次、開拓人際關係、建立知名度等方面，能互相貢獻的很少，卻很容易成為互相取暖的同溫層。

出版第一本詩集的時候沒能請余光中寫序，始終是我最大的遺憾。後來出版《交響詩》的時候，打定主意一定要請余先生寫點什麼，所以改變策略，不要寫序了。寫序要對所有的作品有所了解，還要點評好壞，太花時間，而且通常也沒辦法發表，出版社又不會另外支付稿費，這樣的人情太大，所以就想，請余先生寫兩句話，讓我放在書的最前面，這樣彼此壓力都不大。

這個方法有效，余光中很快就寫好寄來，內容很短，卻讓我非常感動，因為那幾年我們比較少通信，但他對我情形卻很了解，前輩對晚輩的關懷如此：

侯吉諒早年曾經問詩於我，後來又得親炙洛夫與江兆申，在詩藝、書法、畫風各方面皆有進境，令人刮目。新書詩集《交響詩》兼有現代生活之動感與古典精神之靜趣；願他在凝鍊上更上層樓。

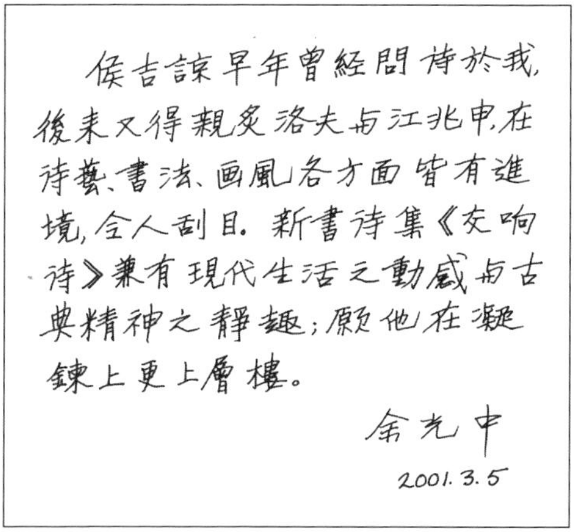

侯吉諒早年曾經問詩於我，後來又得親炙洛夫與江兆申，在詩藝、書法、畫風各方面皆有進境，令人刮目。新書詩集《交响詩》兼有現代生活之動感與古典精神之靜趣；願他在凝鍊上更上層樓。

余光中

2001.3.5

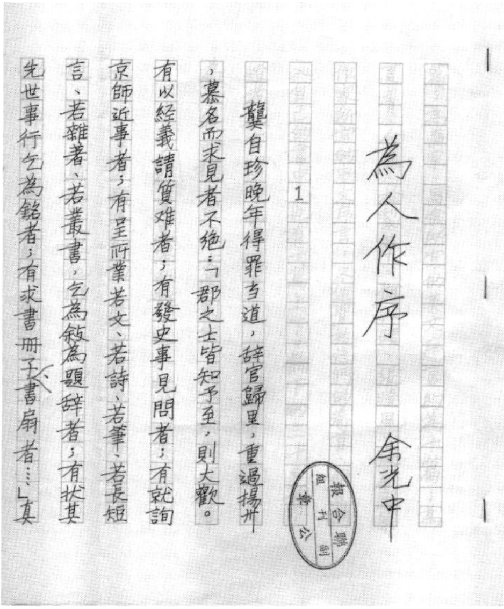

為人作序

余光中

1

龔自珍晚年得罪當道，辭官歸里，重過揚州，慕名而求見者不絕，一郡之士皆知予至，則大歡。有以經義請質難者；有發史事見問者；有就詢京師近事者；有呈所業若文、若詩、若筆、若長短言、若雜著、若叢書，乞為敘為題辭者；有狀其先世事行乞為銘者；有求書冊子、書扇者……」真

余光中為《交響詩》執筆小序（上）
余光中論寫序〈為人作序〉手稿（下）

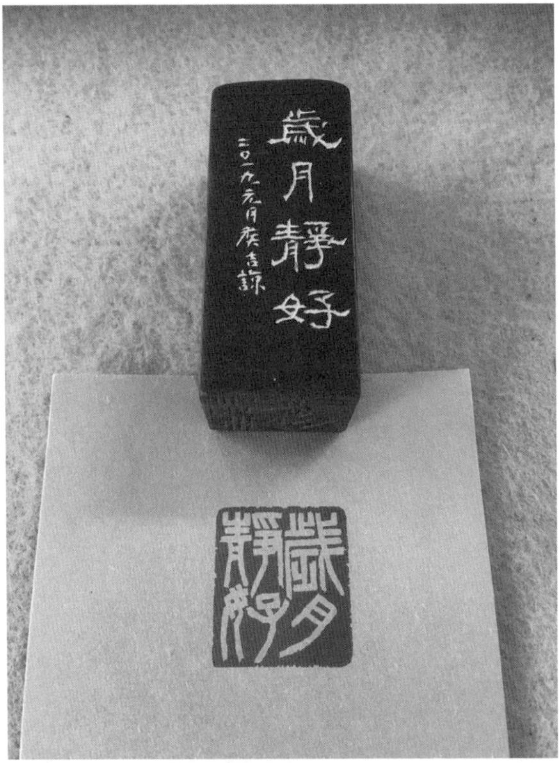

侯吉諒篆刻作品〈歲月靜好〉

刻印從頭說

每次刻印章，我總是想起他那張刻印章的工作桌。

二〇二〇年初春，新冠肺炎疫情爆發，全球陷入恐慌。臺灣雖然控制得宜，但仍然盡量不出門，每天寫字畫畫，而更多的時間是刻印章。目光聚焦在方寸之間，筆畫如絲，心緒很容易集中，忘了紛擾的新聞，也很容易飄散，因而想起刻印章的諸多往事。

我第一次刻印章，是在大一那年。因為要參加學校的書法比賽，需要蓋章以示正式，知道書法社有人會刻印章，所以跑去找人幫我刻。

那時有一位同學說，你寫字，就應該自己學刻印章，說完，從桌子底下摸出一把銼刀磨成的篆刻刀，二顆表面粗糙的練習石，以及幾張刻印章的講義，叫我回去自己試試看。他還特別強調，很簡單的，很快就會。

當天晚上我看了講義，也覺得沒什麼困難，就把自己的姓名章刻好了。我就這樣開始刻印章了。

但認真說來，我對刻印這件事的接觸，還要更早，而且早很多很多，應該是我小學一、二年級的時候。

那時候，隔壁搬來一對夫婦，先生刻印章、太太理頭髮，是當時鄉下人滿常見的謀生方法。

因為就在隔壁，所以每天我都過去看邱來法刻印章。當時刻印章的人很多，因為大部分的鄉下人都不認識字，但到農會郵局開戶、存款、領錢、買保險、繳費、領補助等等的，都要用到印章作憑證，所以生意很好，每天都有人找他。

他一般刻的是木頭章，而且是楷書印。每天沒事我就去看邱來法刻印章，從處理印面到刻章完成，看久了，整個程序也就都記得清楚了，等到我自己刻印章的時候，差不多就是重複他的過程。

邱來法工作的地方很小，就是小學生桌面稍微大一點的桌子而已，但

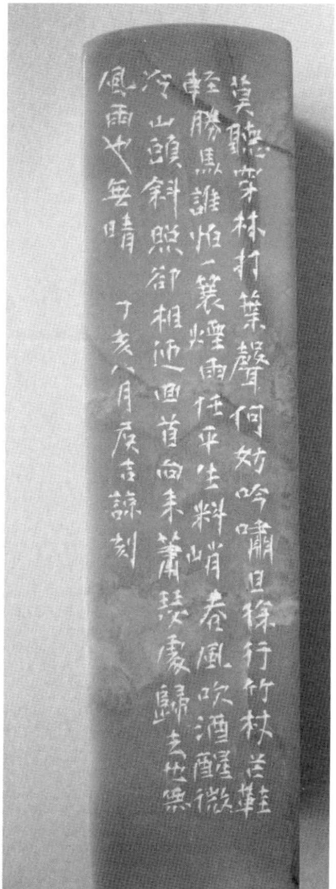

侯吉諒篆刻作品〈也無風雨也無晴〉印面、側款

刻印的工具都收拾得很整齊。硯臺、毛筆、篆刻刀、檯燈、印床，一應俱全。

刻印章之前要先寫字，他刻的木頭章大都是楷書，所以要先把字反寫上去，至今想來，他反寫楷書的功力依然很厲害。

首先要在小硯臺磨一點硃砂，用手指沾了硃砂之後，輕輕的塗在印面，等水乾了，寫字的時候就可以看得很清楚。然後用鉛筆，徒手畫線，很準確的在印面上畫出四邊和中間的十字界格，比用尺量、畫還要乾淨俐落，這個技術我一直不是很熟悉，加上我喜歡隨著筆畫多寡布字、決定字的空間，所以就很少先界格再布字。

畫完線，用手指沾一點水滴在另一方小硯臺上，磨一點墨，大概就是十來秒，就夠寫印面了；毛筆似乎是「紅豆」之類的小筆，沾墨後就在小小的印面上反寫楷書，筆畫非常精緻，起筆、轉折都很到位，結構很漂亮，寫好的字和印刷體沒有什麼兩樣。

刻木頭的刀子是斜口刀，非常尖利，刻的時候就是把寫字的地方留出來，也就是一般朱文的刻法。但邱來法的技術非常準確，一個撇畫帶起筆的角度，也就幾刀就完成了，一個木頭章差不多半小時不到就可以刻好。

刻好就刻好了，好像從來沒見過要修飾或加強的，在小本子上試蓋，乾淨清楚，跟印刷的一樣。客人看過蓋出來的樣子，認可後就一手交錢，一手交貨。他刻橡皮章也是用斜口刀，配合鑷子一刀一刀的刻。

那時他應該二十多接近三十左右吧，我則是十歲不到，每天看他刻印章，也好奇他為什麼會這項技藝，他都很有耐心的回答。

那時的人，如果家裡沒有種田或做生意，似乎一般十二、三歲就要出去學藝，三、五年後就可以出師開業，就可以養家活口、成家立業了，因此念書的人很少，小學畢業就算有知識了。邱來法說他是在鹽水學的篆刻，還得過幾次篆刻比賽第一名，他還給我看了他設計的立體式的印面，印面設計成一個小立方形，名字就寫在格子裡面。

一直到我念大學的時候，他仍然在刻印章。當時還請他幫我刻了書畫章，但因為他的材料是木頭、壓克力或牛角，刻出來的筆畫都挺直，和一般石材的書畫章距離較遠，所以後來我都自己刻。

但我還是很喜歡看他刻印章，我幾乎每次刻印章都會想起他刻印章的樣子。我每次刻印章，桌面總是凌亂不堪，刀子、印床、毛筆、硯臺、墨、水滴、蓋印的紙張、印泥、牙刷，甚至是電鑽、各種鑽頭、打磨印章的砂紙、牛皮等等，本來還算整齊的桌子，總是弄得一團混亂，而記憶中邱來法的工作桌，則是一貫的乾淨、整齊。

學習任何技藝學問，古人強調的是家學淵源、童子功，原因是學習得愈早，學到的東西愈能熟練和「定著」。我小學三年級開始學書法，導師翁義雄先生是義竹非常有名的書法老師，每年過年的時候，義竹到處都是翁老師寫的春聯，翁老師的柳公權寫得極佳，非常到位。還有訓導主任邱太欽老師也擅長書法。二〇〇七年母親過世後我陪父親在鄉下住了一個多月，晚上出去散步，偶然發現邱老師在濟公廟教書法，後來去找了他幾次，知道他每天要寫一通千字文，非常認真。

不過，真正教我學書法的是我的父親。我父親時任布袋國小老師，民國三十四年臺灣光復時學校要教漢字，他就自己去找了資料學書法。我父親的字非常漂亮，因為他喜歡寫字，所以我們家四個小孩都愛寫字，經常在報紙的空白處練字。小學時候，寫得最好的是我大哥，他的字和父親的字神似，那時他不過小學六年級。

初學書法時是父親手把手帶我學拿毛筆的，至今仍然記得他那溫暖的大手包覆我的手，帶我寫毛筆的那種感覺。我的學生中，有一些人是為了重溫小時候和父親學書法的感覺而來寫字的，我的兩個女兒也是看我寫字而喜歡上寫字。所以，家庭教育非常重要，現代人把小孩子送到才藝班學書法，那是等而下之了，很多也都學不起來，因為家裡沒有那樣的環境。

當然，一九六〇、七〇年代臺灣的環境不好，學書法並沒有什麼字帖可以用，所謂的學書法，也不過就是看著報紙的楷體字練習而已，一直要到大二，跟了王建安老師以後，才真正「看帖寫字」。

但無論寫字或刻印章，我覺得小時候就開始熟悉是非常幸運的事，每天好玩、好奇到隔壁看邱來法磨墨、用毛筆寫印面、刻印章，就算沒有自己動手，顯然我在心中也早就練習過無數次了。

我一直到一九九一年跟隨江兆申老師後，才第一次看到名家刻印章。但對刻印章這件事，因為從小就很熟悉了，所以，等到我自己開始刻印章以後，很快得心應手，好像從來沒有碰到什麼困難。

隨江兆申老師學篆刻

一九八五年到臺北工作後，我就在和平東路一帶的裱褙店中放刻印的潤例單，也在當時最大的「春之藝廊」賣印。當時訂印的人不少，每次接單要來來去去兩三回，實在不耐煩這些瑣瑣碎碎的事，所以就不再「拋頭露面」刻印，但文藝界的人知道我刻印的人已經不少，很多人都找我刻印章。洛夫、周夢蝶、向明、管管、辛鬱、隱地、阿盛、季野、駱建人等，都陸續找我刻過許多印章，其中駱建人刻得最多，大概有十多方，他的兒子就是名小說家駱以軍。駱以軍曾經寫文章說到他父親最珍愛的收藏，就是我刻的印章，知道自己的作品被人這樣喜愛，很感動。

寫信開啟的人生機會

說起來，我人生中最重要的契機，都是因為寫信。因為寫信，所以得以認識余光中、洛夫、江兆申諸位大師，並受到他們的教導，而在文學藝術上可以有所發展。

一九七七年，我第一次聯考不如理想，所以決定到臺北補習重考。考試前我發現了余光中的書，驚訝、佩服、讚嘆之餘，鼓起勇氣寫了一封信給他。

寫信的原因，是讀了他在美國開車的經驗〈高速的聯想〉一文，動感、豪情十足，和印象中文弱風雅的詩人不一樣，更多了平凡與親切。

余光中那時在香港中文大學任教，當時他的聲望如日中天，報章雜誌上經常看到他的作品發表，如果是新詩，泰半都是以原作筆跡付印，非常吸引人。

為了寫那封信，來來回回的斟酌、修改、抄寫，直到覺得不能更好了，才寄出去。

寫信給名家，是我從未有過的經驗，也不期待能夠有回信，當然，心裡還是很盼望的。不過，最重要的是信寫了、表達了自己的意思，這樣總算做了沒做會覺得遺憾的事。

因為不期待有回信，所以就不會失望，也因此一個多月以後突然收到余光中先生的回信時，那真是可以說是驚呆了。

不但是驚呆了，而且樂壞了。余光中的信厚厚一疊，除了兩張回信，還有一首三頁的詩。信中垂詢我的身分、說了他的猜測，慚愧的是我不是他猜的大學生，而且不是臺大的學生，而只是重考生。最令人驚訝的是詩，是余光中的新作，而且是非常稀有的題材，寫的是騎摩托車的想像，他說，我的信觸發了他的靈感，所以寫了這首詩送給我。詩名就叫〈超速——獻給一位青年驍騎士〉。

超速

——獻給一位青年驍騎士

蠻悍又听話，胯下驍迅的超馬
一揚蹄便招來兩肘的風，声
氣流銳嘯着竄過我腋下
世界你讓開吧，我來了
風景嗖嗖刷，我右頰左頰
無限的高速公路劈臉撲來
遠看坦坦的平川到蹄前
忽瀉起險灘和急湍，而憂煩
摩天廈峭峽壓人的憂煩
壓人的肩胛壓得腰弯
千樓萬梯难逃的夢魘
怎追得上我超馬的超速？
把跛脚的歲月拋在背後
去餵反光的边鏡。前途
倏倏成背景，一瞥便噬了
日子太慢，像难忍的候診室
在苦待醫生，消毒的酒精味裏
听剪刀和磁盤相撞的声音
野蠻又精妙，我低嘶的超馬
你驃捷的少年騎士我便是
也戴鋼盔，也披着風衣如甲
也套長統的馬靴，猛張双臂
馴超馬要用豪放的騎姿
狂奔吧超馬，放開你全部的馬力
四十哩六十哩七十七哩八十八……
讓未來之風撞在我脅下
地平線在蹄前驚惶逃竄
右手一緊，為你猛加油
我想我已經越過所有
燈號的色彩，路標的形象
腕上那電子錶停了
大旗燦燦揮一面晚霞
火豔的落日如靶
在宇宙的边陲待我，我如彈
時間在後面追
嚶嚶似一絲細瘦的警笛

——February 28, 1978

余光中第一封信所錄〈超速〉

完全可以想像，余光中的信開啟了我對現代詩的熱愛和追求。我想，寫信給余光中的年輕詩人很多，但第一次就收到他的贈詩的，應該絕無僅有。

就這樣，我不定期的和余光中通信，他回信的時間不一定，如果沒回信，我就會想，是不是自己的信寫得太草率、無聊或簡陋了，以致讓人覺得沒什麼好回的，也因此養成了自我要求言之有物的習慣。當然，寫信時候的莊敬、誠懇以及對文筆、字跡的要求，無形中訓練了我許許多多的東西。在電子郵件、即時通訊成為人們主要的聯絡方式之後，這樣的訓練和機會也就消失了。

大三的時候我主編的校刊《興大青年》主辦了第一次的文藝營，文藝營的構想是社長郭行中和我憑空想像設計出來的。郭行中的長才是心思非常細膩，從課程安排到教師的邀請、聯絡、接送都有專人負責，而我負責的就是和余光中齊名的洛夫先生。

經過事先的電話、信件聯繫之後，我到臺中火車站接洛夫的時候已經可以向他請教許多他詩作的諸多問題，所以很自然的也和他保持了長期的通信。

洛夫長得人高馬大，個性也豪爽，抽菸喝酒都不拘，所以和他寫信相對比較沒有顧忌。洛夫的字流暢如行書，和余光中整齊的字跡相當不同，相同的是他們的信件遣詞用字都乾淨俐落，幾乎沒有修改的地方。從中學到的，自然是對語言、文字的掌握能力，不但要想清楚再寫，也要寫得乾淨、清楚、明白，這樣的訓練對立志創作的人是一輩子要努力的事。我非常幸運在剛剛開始寫作的時候就得到臺灣詩壇二位大家的指導，對我的寫作有絕對的幫助。

一九八五年《創世紀詩刊》創刊三十週年之後，《創世紀》的三位創辦人瘂弦、洛夫、張默竟然決定把《創世紀》的主編交給我和另一位年輕的詩人江中明。因為那時我在《時報周刊》工作，對編輯業務比較熟悉，所以實際的編輯就由我負責。因為怕年輕沒有分量，所以請精通詩作、理論和翻譯的臺大教授張漢良不時指導。

那時《時報周刊》真是人才濟濟，記者、編輯、美編、攝影四組都是當時在各方面特別專精的年輕人。以編輯來說，編輯主任是大詩人商禽，副主任是散文家阿盛，主編是當時最受矚目的詩人林彧。我和他們一起工作，學到許多處理稿件的技法，尤其是看他們改過的稿子有如脫胎換骨般的魔力，在在展現了每個人不平凡的功力。

一九八七年底我轉任《聯合報》副刊編輯，有機會看到更多作家的手稿。那是一個大家都講究手稿的年代，許多作家不管字寫得好不好看，都對他們的稿子有一定的講究和要求，當然也有少數作家比較草率，不會寫的字甚至就留下來讓編輯傷腦筋。

當時的社會處在快速變動的關頭，電腦科技逐漸普及到報社，先是記者要學打字，後來編輯也慢慢要學會用電腦。等到一九九八年我離開聯合報的時候，聯合報已經全面電腦化，其中經過並不是非常順利，因為要訓練所有的工作人員從完全不會到熟悉操作電腦，並不是那麼容易的事。

而就在電腦化的過程中，我一面努力學電腦，讓自己的工作全面進入電腦化，一方面卻更投入需要用筆，而且是毛筆的書畫篆刻世界。

說更投入的原因，是因為我在一九九一年幸運的拜入書畫大師江兆申門下，跟隨江老師是和與余光中、洛夫的通信不一樣，那更是一種嚴格意義的師徒關係。

而我之所以能夠奉江老師為師，也是因為寫信。

現代人因為學校、補習班非常普及的關係，不太了解古人對教學、師生之間有極其嚴格的要求，不是說你要跟某個老師學技藝學問，只要找得到人、交了學費就可以上課。

前幾年有一位長者要跟我學書法，先是請跟我熟悉的老先生致意，然後非常慎重的在大飯店擺了一桌，陪同的，都是大老，當天與會的人，論年紀我是最小的，而且小了二、三十歲，老先生這麼安排，我就只好教了。

但當年我沒有任何門路可以接觸到江兆申先生，問了許多書畫家，也都面有難色。後來沒辦法，只好用上我的老招數，直接寫信給江先生，信中不敢說要拜師，只是希望可以有機會得到接見、指點。

或許當年江老師可以拜入溥心畬先生門下也是寫信受到青睞，所以江老師居然在多年未收學生之後，又收了我這個小學生。我入門的時候，師兄們如周澄、李義弘、陶晴山、顏聖哲、曾中正、許郭璜，都已經是成名已久的書畫名家，也是入門了以後才知道，如果我不寫信，大概永遠沒機會可以跟隨江老師。

寫信是古人唯一可以遠距溝通的方法，經由寫信，他們在跨越時間和空間的遠方認識、維持了許許多多的人際關係，也留下諸多的學問、知識、典故。沒有寫信，王羲之偉大的草書經典《十七帖》就不會產生；沒有寫信，也不會有「北宋四家」：蘇東坡、黃山谷、米芾、蔡襄那樣煥發人情、書藝之美的尺牘；沒有寫信，趙孟頫書法最好的〈致中峰和尚書〉就不會發生。沒有寫信，整個文化的很大的一部分都不會發生和存在。

不寫信了以後，我們的生活也許方便許多，但整體文化卻損失太大太大。

留影於學生王克舜任職公司所收藏江兆申巨幅畫作前

創作的春燕

二〇一五年九月，菲律賓著名作家王勇兄在《世界日報》發表〈閱讀即生活〉，文中提到我近年的書法創作：

吉諒兄是我多年好友，他曾經是臺灣《聯合報》副刊編輯、未來書城總編輯，非常傑出的現代詩人。他當編輯時，喜歡刻印，我寫過多篇賞析他印章之文，均被收入後來他出版的篆刻集中。

沒想到，短短幾年功夫，他把業餘愛好玩出了專業本領，現今更開班授徒傳播書畫印藝術，成了受學生敬重的師長；他所寫的書法類教學專著，成了海峽兩岸出版市場的暢銷書、長銷書。

王勇兄提到我的經歷完全正確，不過「沒想到，短短幾年功夫，他把業餘愛好玩出了專業本領」這樣的推論，實在失真了。

在臺灣，當然很少有專業的創作者，幾乎所有的詩人、畫家、書法家、篆刻家、舞者、音樂家，都無法專業創作，必須另有謀生方式。除了一份正常上班的工作，兼差、兼職也往往是不得已的手段。

我的經歷也是一樣，年輕的時候當過《中國時報》、《聯合報》的記者、編輯，一九九八年應溫世仁邀請，先後創立明日工作室和未來書城，成為企業的管理者和出版人。但不管多麼忙碌，我始終把創作列為家庭、工作之外的第一事務，花的時間心力，甚至比工作還多。

以書畫為例，從一九六八年大二寒假正式拜師學書法開始，一直到今天，我每天花在書畫上的時間平均是六個小時。經營未來書城的時候最為忙碌，雜事很多，上班時間也比較長，但我上班前最後一件事、下班後的第一件事，就是寫字畫畫。

一九九一年，我有幸拜入江兆申老師門下，有機會受到當代文人畫大師的親自教導，不僅眼界大開，並且確立了書畫創作的方向，於是摒除一切雜務，專心和江兆申老師學習。一九九五年，我第一次在高雄「王家」畫廊展覽，算是正式宣告我的書畫創作，獲得極大的迴響，也明白自己還有很大的不足。於是沉潛五年用功研究創作後，才於二〇〇〇年在臺北敦煌藝術中心再度展覽，這次獲得的廣泛讚譽讓我對自己有了更大的信心與肯定，之後十多年，我密集展覽，每年舉辦一到二次的展覽，風格、主題都有大幅度的變化。了解書畫創作的人都了解，要維持這樣密集的展覽品質，沒有龐大的創作是無法支應的，這當然也意謂著我必須花費大量的時間創作書畫。

二〇〇四年未來書城結束營業，我本來要再接受一些出版公司的邀請，繼續上班，但著作權法權威、律師蕭雄淋建議我，如果經濟許可，何不全力創作？

朋友的提醒，讓我決定專職創作。了解臺灣書畫市場的人一定知道，如果沒有穩定的收入，這是一個異常大膽的決定。當時我並非沒有經濟壓力，雖然有一點積蓄，光靠寫字畫畫，加上寫稿出書，還是不能「保證」

不愁吃穿，還是得有一定收入。

因此，為了增加收入，我重新開設書法班。一九八五年我到臺北工作，一九八七年開始就開班授徒，教書法的經驗算豐富，開書法班雖然不是「正常」的工作，但總是有固定的收入，心理上會有一定安全感。

後來書法班的規模越來越大，我陸續寫的幾本書法書籍在臺灣的博客來、金石堂，大陸的當當網，都是排名前十名內的暢銷、長銷書，也許是這些因素，讓許多朋友認為我居然在短短幾年內就「轉型」成功。

然而正如上述過程，我在書畫上的投入是從未間斷的努力，因此不是王勇兄所說的「短短幾年功夫，他把業餘愛好玩出了專業本領」。

事實上，我的業餘愛好一直是我的專業本領，只是導入市場的時間非常漫長，也不容易得到同行的肯定。雖然說這是必然的過程，但無論文學寫作還是書畫創作，在臺灣要長期堅持，真的非常不容易。因為臺灣雖然富足安樂，但卻異常缺乏藝術創作的環境，政府沒有藝術政策、社會沒有藝術氛圍、民眾缺乏藝術的認知，創作很容易變成孤芳自賞，也容易在不受重視的情形下，中斷創作。

三十歲以前，我的創作以詩文為重心，得過重要的文學獎，也出版了幾本書，「文壇地位」算是受到肯定了，然而在臺灣從事寫作只能是自我滿足，完全不能依賴創作獲得溫飽，但我一直覺得這也是無可奈何的事。畢竟臺灣地小人少，市場有限，能夠獲得一定程度的肯定，已經是不容易了。

臺灣的書畫市場在二〇〇三年中國大陸的書畫市場崛起之後萎縮許多，臺灣許多收藏家的資金都轉移到大陸，畫廊經營者也多半專注更有暴利可圖的大陸市場。近十年來，臺灣畫廊很少再像一九八〇到一九九〇年代那樣，經常展出臺灣書畫家的創作，書畫家也不再經常性展覽，這樣的趨勢，從各種專業性書畫雜誌的展覽廣告的急遽減少就可以看得很清楚。

二〇一三年開始，大陸的書畫市場逐漸注意臺灣書畫家作品，一些拍賣公司開始以臺灣書畫家的作品為主要標的，說穿了，這是因為大陸前輩及當代書畫家的作品價格都已經被拉抬到臨界高點，買入價格已經很高，已經很難有十倍甚至百倍的爆炸性獲利。相對來說，臺灣的書畫作品還沒被炒作，比較容易操作。

大陸經濟快速成長的特色之一，是每隔一段時間就會出現不同的炒作物品，書畫市場的炒作只是其中之一。但是當一件二十年前不過數萬最多數十萬臺幣的齊白石，已經被炒到如今的數千萬甚至上億臺幣的時候，勢必回檔修正。因為動則上億的作品，已經不是正常書畫市場一般收藏家的能力所及了，這樣的價格，只能是幾個頂尖收藏家的互相競爭罷了。

但無論如何，曾經低落到谷底的臺灣書畫市場慢慢在回溫當中，對書畫創作者來說，這是期盼已久的春天。對我而言，雖然我也關注書畫市場的風向，但市場趨勢永遠是最後的考量，在平常的生活中，偶然有所心得，無論是化成書畫作品或變成文字出版成書，可以得到眾多讀者的肯定，以及許多朋友的關注，那就已經是很大的滿足了。

至於有許多朋友，像王勇兄那樣，偶爾捎來肯定的讚美，那更像是春天的燕子般，讓人感到無限歡喜與希望。

文人的字

一九八〇、九〇年代我在報社、出版社任職文學編輯，當時中文電腦尚未普及，所有作家都手寫稿件，編輯最重要的工作就是先閱讀、校對他們的文字，修正並寫清楚潦草難明之處，然後再發去打字、校對，清樣回來，再進行編輯的其他工作。這在當時是理所當然的程序，從未想到，那可能是看到作家們手稿的最後年代。

報紙副刊內容雖以文學創作為主，但也有一些文藝、時論文章，當時的作家，並不只是寫詩、寫散文、小說的創作者，還有諸多學者、藝術工作者在寫作之列，因而概稱之為「文人」。

因為我自己喜歡寫字、留心書法，因而對作家們的手稿特別有興趣，編輯的工作雖然在字裡行間討生活，甚至常常要和標點符號斤斤計較，但閱讀文人們的手稿，還是有許多樂趣。

大部分文人寫字都有趣有韻，他們不一定受過書法訓練或會寫書法，但筆跡卻有可觀之處。其趣韻應該來自他們深厚人文素養所養成的美感。

按照寫字技術、風格來分類，當代文人的字可以分成幾大類。

最賞心悅目的是書法派。這類的作者大都年紀偏高、還趕得上寫書法的年代，他們的文稿雖然大都也是用硬筆字書寫，但筆畫、結構有強烈的書法感，對喜歡寫書法而也是一樣要用硬筆寫字的我來說，特別有吸引力，因為從中可以領會許多毛筆改用硬筆的訣竅。

這類作家以臺靜農、江兆申、汪中為最好的例子。臺靜農任職臺大中文系主任二十幾年，桃李滿天下，對臺灣的中文教育影響極大，但他的書法名氣大過文名，求字的人絡繹不絕，以致後來要寫一篇短文宣布「不再為人所役」（為人寫字），我在聯副工作的時候臺老已經八十四、五歲，但書法風格遒勁強健、盤鬱老辣，最為時人所重。我發過他幾篇文章，都是硬筆字，都是影印稿，因為原稿被也是喜歡收藏作家手稿的主編瘂弦捷足先登了。好在影印雖然廉價，但也算是下真跡一等，碰到這類作家的稿件，即使是影印的，也都非常值得保存、珍惜。

江兆申先生是我的書畫老師，原任故宮副院長，年輕的時候寫了不少書畫論文、札記，如《雙谿讀畫隨筆》、《關於唐寅的研究》，至今仍是相關著作的典範。我入門的時候他剛好退休，比較清閒，所以瘂弦先生要我就近跟老師邀稿，老師寫了幾篇文章，〈我的藝術生活〉詳述他學習書畫的經歷、〈玉潔冰清〉是他為臺靜農補題畫作的經過和幾首詩，文字乾淨簡潔，字體娟秀典雅，捧讀這樣的手稿，真是極大享受。

汪中是師大系的「名教授」，特別強調他的有名，是因為汪中書法非常有名，可說是臺靜農之外的學界第一人，他的行書秀麗典雅、文采華美，一紙一信都被學生珍藏。可惜他寫稿也都只是用一般的稿紙，不像他的書信，一定是用非常漂亮的書法專用的信箋。

手稿有書法味道的，還有歷史小說家高陽和建築學者漢寶德、董橋。

高陽的歷史小說當時獨步文壇，對報份銷售有相當影響，再加上報社老闆王惕吾非常看重高陽小說的連載，所以每天有專人到高陽家中取稿。

高陽的字是標準的書法字硬筆化，運筆在行草之間，但對已經不大了解草書規則的年輕編輯來說，可能連認字都有一定的困難，當時我要負責專門認他的字，他最後的幾部小說我因而有幸成為第一個讀到的人。

不過高陽寫稿子有壞習慣，常常不準時交稿，搞得侍候他的編輯很不愉快，我長年和高陽打交道，也對他的這種壞毛病很不耐煩，但他是前輩有名作家，說不得罵不得。後來，我採取不催稿、不提醒的策略，有幾次他忘了交稿，連載不得不「續稿未到，今日暫停」，從此之後倒是很少再有拖延的情形。

漢寶德除了寫一般文章，同時也是聯副的專欄作者，和高陽完全相反，漢先生的稿件永遠準時交件。他的字說不上好看，甚至有點潦草，但他的文字乾淨俐落，字體是非常標準的行草風格，對我來說，非常容易辨認。漢寶德的專欄文章還有一個很強的特色，就是他的文字控制能力非常強，一定是寫滿二張稿紙，幾乎沒有需要修正、改錯，並且一定寫到最後一行結束。這對當時手工排版的作業來說，可以很準確的根據字數留下版面，稿子來了以後直接排上去，完全不會影響其他的篇幅。有這樣的作者，實在是編輯和美編的一大福音，也每每令人對這樣的作者感激讚嘆。

董橋的手稿也極有書法特色，他喜歡用仿毛筆的自來水筆寫信，短短的信紙卡片總是文句優雅、書體秀美，他的文章手稿倒是比較少見，因為他的文章通常先在香港發表，集結到一定的數量或主題才在臺灣報紙刊登。董橋自稱自己沒寫過多少字，其實他小時候在印尼受的教育完全是中國傳統式的，讀古文、背詩詞、練書法，他父親喜歡何紹基的字，幾個兄弟也都練過何紹基。

前兩年董橋在香港、臺灣開書法展，作品銷售一空，非常轟動。他喜歡在傳統的花箋上抄詩詞，字體都在一公分以下，七十幾歲的人了還可以寫這樣的小字，眼力、手力都要有過人之處。

第二類作家的手稿，則以筆畫、結構清楚、乾淨為特色，其中當然以余光中為代表。余光中的字體非常整齊，他喜歡用比較尖細的簽字筆寫字，他的詩稿最早在《中國時報》人間副刊發表的時候，高信疆就特別喜歡以余光中的原稿照相通欄登出，非常好看，似乎也是至今唯一常以手稿見報的作者。聯副比較少用余光中的手稿，有時甚至就是直接以原稿發打字，大概是瘂弦對同輩作家手稿比較沒有興趣收藏，所以碰到這種情形，我「照例」先影印下來，用影印稿發去打字，原稿當然就自己收藏了。

余光中稿件的乾淨、整齊應該是作家之最，不僅詩稿如此，即使數千字長文，也少有修正、塗抹的時候，閱讀、編輯這樣的手稿，對我的文字書寫能力有極大的幫助。

和余光中筆跡類似的作者，還有周夢蝶、向陽、李敏勇等人。

周夢蝶喜歡用毛筆寫稿，詩稿、文稿、信件都用毛筆寫得乾乾淨淨的，即使有修改，他都把錯字塗成全黑的大圓點，有插入文字一定用紅色筆和尺，把插入符號畫得清清楚楚的。

周夢蝶過世之後，他的手稿成為拍賣市場的熱門商品，一件詩稿、尺牘往往可以拍到十多萬元。

向陽和李敏勇的字有點像余光中，都是筆畫乾淨、整齊，我以前編過幾本詩人手稿的詩集，向陽、李敏勇的字在其中非常顯眼，他們也用自己的手稿製作出版詩集，非常有味道。

第三類手稿，不大容易形容，但大概可以用「文人味」形容。這類作家的筆跡可能娟秀、可能雄壯、可能潦草，但都有很濃厚的書寫感，洛夫、楊牧是其中代表。

洛夫的字體是詩人中最有書法功力的，他的筆跡流暢自然、行書技術老練，五十歲後拜書法名家謝宗安為師，每天寫好幾小時書法，非常用功，對他硬筆字的結構雖然沒有什麼影響，但「筆力」卻雄渾許多。

楊牧的字比較特殊的是行草的味道很重，似乎也有相當書法的基礎。他喜歡用粗筆畫的筆寫稿，字體大小不為稿紙的格子所限，但又不胡亂用筆，看起來很瀟灑、渾厚，非常有文人味。

作家寫字重拙的還有林清玄。林清玄連續數年奪下時報文學獎散文首獎後宣布從此不參加文學獎比賽，他是一九八〇年代最暢銷的作家之一，出版社為他錄製有聲書，一套好幾千元販售，不時在報紙上打全版的廣告，這樣的暢銷和出版榮景大概是現在的編輯沒有辦法想像的。

林清玄的手稿也是幾乎沒有修改的地方，可見把文筆修煉到非常精準，是成為好作家的第一條件。

瘂弦擔任《聯合報》副刊主編非常長的時間，對臺灣文壇的影響無以估計。民國七十六年報禁開放以前，報紙可以刊登的政治社會新聞大同小異，當時影響《中國時報》、《聯合報》報份銷售最重要的是副刊版面，《中國時報》高信疆、《聯合報》瘂弦都充滿編輯創意，兩人除了在報紙內容上不斷推陳出新，也極力開發作家的創意，所以每天和作家們打交道是他們非常重要的工作。高信疆比較直接，都是打電話聯絡；瘂弦則是每天給作家們寫信，包括退稿信件，即使一言兩語，也親自寫信，所以很多人都收到過瘂弦其言也溫、其字也厚的信件。瘂弦也是用筆重拙，筆畫非常的敦厚，和他早年那些靈動的詩句似乎有點距離。

一九九〇年左右，報社開始電腦化，編輯、記者都要上電腦課，學習打字的方法。

在這之前，記者寫稿之後還要經過打字、校對許多程序，一九八〇年代中期以前都還是鉛字排版，一個版面就是一大塊活字排版，修改錯字是不小的工程。後來報社開始採用特殊製作的大鍵盤電腦打字，打字小姐取代了鉛排工人，到了一九九〇年，個人電腦逐漸普及，打字改在小電腦的鍵盤輸入，成本和技術都降低許多，可以看到的未來，是報社作業從記者寫稿、編輯、校對、修改、排版，全部都在電腦上完成，於是報社要求記者、編輯要上電腦課程，重點就是先學會電腦中文打字。

當時兩大報不約而同都選擇了「大易輸入法」作為標準的作業程序，大易訓練了幾位打字的學生，來報社教我們這些對電腦完全不懂的文字工作者打字。當時有一位小女生看著報紙打字，螢幕上出現的中文不是一個字一個字出現的，而是一串串的流水般的文字迅速出現，當下非常震撼。

許多作家號稱下筆如飛，據說倪匡每小時可以寫二千五百－四千字，是當時最快的寫手，我在報社也見識過幾位記者有每小時二千五百字的寫稿速度，都已經是快手了，但當時看到的大易派來示範的高職同學打字速度是一分鐘二百六十字，非常非常的神奇；當時想，如果作家們的文字表達能力和打字技術相當，工作效率幾乎可以提升十倍，至少，用電腦打字再也不必耗費許多時間重複謄寫稿件，這對寫長篇文章的人來說，顯然有太多的好處了。

當然，在逐漸改用電腦寫作的同時，我自己也明白，一個手寫的時代就快要結束了，以後再也沒有很多機會可以看到作家的手稿，以及手稿上面那些修改的痕跡。那些改動呈現了作家在第二、第三次閱讀自己的文字時如何修正用詞用語，而使文句更精練、準確和明白，對一個學習寫作的人來說，那是非常重要的參考，而當大部分的作家都使用電腦打字之後，這種學習機會就少了。

在當時見到的作家的手稿中，當然也有那種塗改到慘不忍睹的，這類的稿件大都是小說居多，因為小說的情節、人物對話等等必須前後連貫，如果有一個地方改動，整篇就要跟著修正，從這樣的手稿不只可以看到作者修辭的功力，也可以看到調整小說結構的諸多細節。雖然手稿修正非常費時費力，但過程都被記錄下來，使用電腦打字以後，這些修改的過程可能連作者都忘了，這對研究文學創作的人來說，是難以想像的損失。

再後來，電子郵件取代傳統的手寫信件，「文人寫字」居然慢慢成為消失的風景。雖然使用電腦有千百種的便利，但光是手稿、信件的消失就很難估計是多大的損失。

以書法來說，北宋的書法家最精彩的書法作品，有一大部分是文人間的尺牘。透過這些尺牘，我們可以還原許多歷史的片斷。書法和文字的背後，是極為豐富的人文世界。

在使用電腦已經是不可逆轉的潮流中，或許，所有寫作的人，都應該有意識的為自己留下一些書信、手稿、手寫筆記，因為我手寫我心，手寫的動作會同時記載諸多當下的情緒與心理，而打字卻不會有這些額外的功能。不管任何時候，這些手寫的筆跡都值得珍藏。

文人的書房

年輕的時候認識許多前輩大師，有幸跟隨他們學習書畫詩文，因而在創作上才能夠進入起碼的門檻。其中很重要的關鍵，就是在他們的生活之中，可以看到許多名家真跡。

現代人學習書畫很方便，印刷、網路都有無限的資料可以參考，但可能也因為如此，所以現代人平常大都沒有機會看到書畫的真跡，這對學習來說是一個很大的無形障礙。因為沒有真跡在家裡可以隨時觀看、參考，就不能了解好的書畫，其紙張、墨色應該是什麼樣子，也就無法提升眼力。

在前輩大師的書房中，更重要的是感受身處那樣空間的氣氛，體會其中散發的、難以形容的感動。

臺靜農的書房叫「龍坡丈室」，取得很雅致、有氣勢、富涵義，但其實意思卻是很寫實——在臺北市古亭區龍坡里一個一丈寬的小房間。

臺老的書房真的很小，不過他住的房子是日式老房子，書房就在進入室內的門口，和裡屋相通，所以看起來並不狹隘。最引人注目的，是張大千題的「龍坡丈室」四字，墨色飽滿、筆意飛揚而又氣派沉穩，對我而言，坐在那樣的房間裡要敬重如入皇宮大內。

臺老的書房是個大寶地，因為老先生每天沒事就是寫字自娛，寫好了就往地上放，沒有收拾的話，還真是以為丟了滿地不要的字。有時客人來了來不及收拾，許多人就問那個字是不是不要了？意思是，您不要了我能不能帶回家？有很多學生朋友當年就是這樣要到字的，老先生也不以為意，只要不叫他當場特別寫，好說話得很。

臺老他們那時候也真不覺得寫字是可以收錢的，一直到民國七十幾年，老先生被人要字要到不耐煩了，才終於請江兆申老師幫他訂了潤格，還寫了篇短文發表在《聯合報》副刊，聲明以後「不欲使人役使」。

因為書房不大，再加上寫字的桌子占去不小面積，所以書房裡的書不多，只有桌上幾本學生書局印的書，都是影印古刻本的書，和當時鉛字排版的書很不一樣，古意盎然，每次總是要用心記下臺老看的書，然後想辦法買到同樣的版本。

臺老的書法墨色飽滿溫潤，筆畫倔強中透著秀麗，因為用的是日本溫恭堂的長鋒羊毫，有時一個筆畫就要數度調整筆鋒，因而字體顯得特別華美。他寫字時就坐在桌前枕腕而寫，似乎沒有特別用力，我前後拍了不少臺老寫字的照片，有一天在整理的時候，才三歲的女兒侯妍憶忽然說，爺爺嘴巴好用力，我仔細一看，果然如此，原來臺老寫字看似隨意，其實用力得很。

我拜見臺老的時候他已經八十六歲了，精神很好，抽菸、喝酒且健談，有時一說就是兩小時毫無倦意。儘管如此，因為知道老先生聲明了「不欲使人役使」，所以也就從來不敢請他寫字，當時也真覺得來日方長，卻未料到他二年後就仙去了。他過世前聯副還和《名家翰墨》雜誌幫他辦了一場展覽，我貢獻了一點小小的心力，也從其中學到不少辦展的竅門，只是當時未趁機收藏作品，至今猶覺遺憾。

臺老過世後，《名家翰墨》出了一期的紀念專輯，也請我寫了文章。雜誌出版後，我發現江兆申老師寫了文章，靈機一動，藉此因緣寫信給江老師表達仰慕、求教之意，很幸運的因此開啟了我拜入江門的契機。

當時我正思考調整創作的方向，因為我的書法雖然小有名氣，但也知道有一些書壇的朋友覺得有待成長，所以下決心要再找一位老師追隨。除了臺老之外，時任故宮副院長的江老師當然是不二人選。

但所謂隔行如隔山，加上江老師名望極高，打聽了好久，都不得其門而入。如果不是《名家翰墨》同時刊登他和我的文章，還真不知有沒有任何拜見他的機緣。

江老師第一次讓祕書打電話約我隔天見面的時候，我絲毫沒有心理準備，嚇得不知如何是好，竟然藉故說不能去，祕書也沒說什麼，就把電話掛了。

我當時非常後悔，立刻和副刊長官大詩人瘂弦說了，瘂弦鼓勵我，下次一定要立刻說好，只是我實在懊惱不知道還有沒有這個機會。

沒想到一星期後又有電話來，所謂可一不可再，這次我立刻把握機會，也因此才有後來拜入「靈漚館」門下的可能。

和江老師見面起先幾次都是在故宮，時間都不超過半小時，但江老師口述的內容都豐富得需要很長時間才能消化。後來，江老師說，他要從故宮退休了，退休後要搬到埔里，等到安定後會再和我聯絡，老師如此交代，讓我連跟他要電話都不敢，只能不安的等待。

幸好沒過多久，李螢儒師兄就打電話來，說要帶我去老師家裡。當時心情簡直難以形容，因為我終於有機會去老師的畫室「靈漚館」。

老師那時住在南港山上的一個安靜的社區，是二戶合併的獨棟別墅，內有小亭院，種了幾株蒼翠的竹子，門外掛著江老師手書刻製的木匾「靈漚小築」，一般出入的一樓是餐廳、廚房，以及寬大典雅的大客廳。到了以後就直接上三樓老師的畫室，老師知道我到了，也沒多說，就是逕自畫畫，那是往後五年每二週一次的上課場景。

老師的畫室並不大，就是一般家庭的房間，八尺的畫桌也沒有想像中的巨大，然而多少以宋人筆法、元明筆墨、出以時代氣韻的畫作，就在這裡完成；古人說心中要有丘壑，而後山水才能有神，看著江老師畫畫寫字，常常驚嘆他筆下出神入化般的靈活，也敬畏他那深不可測的書畫修養。

比較起來，余光中的書房就窗明几淨多了。他在臺北廈門街的老家我去過很多次，書房收拾得乾乾淨淨的，書桌上就是筆、紙而已，其他什麼都沒有，難怪他曾經說過，只要給作家一張紙一枝筆，就可以寫出好作品。

余光中的書房和他的人、他的文稿一樣，乾淨、清朗而整潔有序，他的稿件很少有改動的地方，卻都是下筆即是，並非草稿的抄寫，他的文字雄奇而氣魄豪邁，很難想像他寫字卻這樣有條不紊。

和余光中齊名的洛夫沒有獨立的書房，臥室裡一張尋常辦公桌大小的書桌就是他驅策文字的神奇場域。他退休之前正式跟隨「三石老人」謝宗安寫字，從魏碑入手，加上他原本流暢的行書，不管硬筆軟筆都寫得意興昂揚，前輩作家之中，洛夫應該是書法功底最紮實的，他也辦過多次書法展，以新詩句法寫成的對聯至今無人能敵。

古人往往用房子的結構來形容一個人的學習程度，例如進入門檻是指初學者剛剛進入知識技術的初級階段，登堂入室則表示已經能夠得到老師技藝風格的傳承；其實在現實生活中也是如此，如果未能進入大師的書房，感受置身其中的氛圍，那是不太可能進入創作最深刻的現實和心靈的場域。

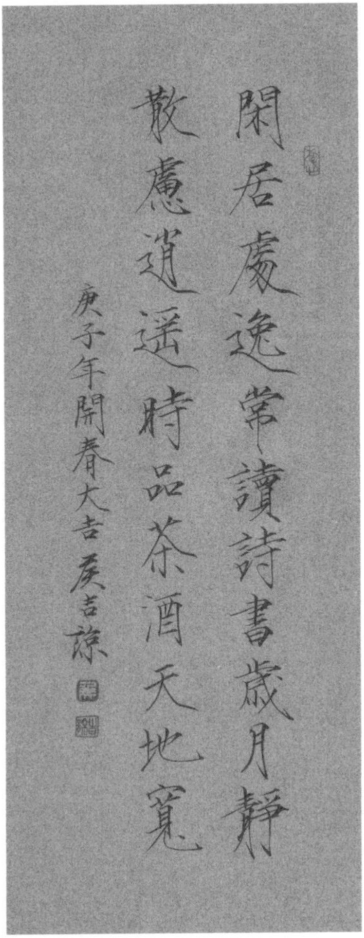

侯吉諒瘦金體書法自撰對聯

給房子取個名字

以前的人對名字極為重視，除了乳名、小名、正式的名字，還要取號，因各種原因而改名、改號的也不在少數。

清朝康熙皇帝強調漢人學問，影響所及，雍正、乾隆學問都很好，也都各自取了名號。雍正自號「破塵居士」、「圓明居士」，乾隆自號「長春居士」、「信天主人」，晚號「十全老人」，都典雅得很。

除了名、號、住家，書房的名字也很重要。

書房是古代讀書人最重視的地方，只有極親密的朋友才能進入書房。清朝皇宮內也有書房，但皇宮的書房不只是書房，「南書房」在康熙時代是非常重要的政務中樞機構，位於北京故宮乾清宮西南，設於康熙十六年

（一六七七年），最初只是康熙皇帝讀書的地方，入值南書房的官員被稱為「南書房行走」，要求必須才品兼優，且得到皇帝的信任。在康熙朝，南書房是由康熙皇帝本人嚴密控制的機要機構，這些天子近臣還承擔起草諭旨，參預機務。

乾隆的書房「三希堂」是真正屬於他自己的小天地，不到二．五坪，卻收藏了王羲之〈快雪時晴帖〉、王獻之〈中秋帖〉和王珣〈伯遠帖〉，大概是帝王書房名氣最大的。

近現代的文人書齋名號最響亮的當然是張大千住過的地方，從巴西的八德園、美國加州的環蓽盦，到臺北外雙溪的摩耶精舍，都是書畫愛好者熟知的名字。

臺靜農的書齋「龍坡丈室」也很有名，因為有龍坡兩字，顯得很有氣派和學問，但其實龍坡是來自戶籍的里名。臺老住的瑞安街屬古亭區龍坡里，丈就是十尺，三百公分寬度大的房間，也是小得很。

江兆申老師先後為住的地方取過幾個名字，基隆的「小有洞天」、臺北「靈漚館」、埔里「揭涉園」，名字都很雅，但實際上都意有所指。

「小有洞天」是因為當時住的房子簡陋，屋頂還破了一個洞，所以叫「洞天」、「靈漚館」原來是他在成功中學教書時的宿舍，房子老舊簡陋，碰到下雨就漏水，所以叫「靈漚」，「靈漚館」後來一直延用，成為最為人知的齋名。江老師退休後在埔里費心構築了精美的庭園別墅，反而取名「揭涉園」，意思是提起衣裳過河。當然別有所指，李白〈瑩禪師房觀山海圖〉詩：「如登赤城裏，揭涉滄洲畔。」宋郭彖《睽車志》卷四：「行入一大林，有溪限其前，水石清淺。眾皆揭涉，得一徑，入大山谷間。」都是指行走於山野之間，提起衣裳過河，因此「揭涉園」就是隱居山野的意思了。

我年輕的時候覺得取名號很麻煩，也想不出有什麼好的號可以用，所以寫作就用本名，更沒想到要取書齋的名號。

取用名號非常不容易，一般來說，號是名的延伸與補充，如蘇東坡原名蘇軾，軾是車上橫木，便於站立時把握瞭望，所以號子瞻；胡適的字更簡便，就是適之，把適從名詞延伸為動詞或形容詞。取名最厲害的當數紅樓夢，紅樓夢中的每一個人名、地名、物名，幾乎都有它的含意，如賈政是「假正（經）」的偽君子，賈寶玉是「假寶玉」，賈璉「假廉」，是個不知廉恥的荒淫之徒。「元春、迎春、探春、惜春」四姊妹的首字「原應嘆息」，寄託了書中四人的命運，「妙玉」是廟中的玉石，表明了她是出家人。秦可卿則是「情可欽（親）」，馮淵是「逢冤」。平兒是「瓶兒（擺設）」，秦鍾是「情種」，卜世人就是「不是人」，詹光就是「沾光」，地名「青埂峰」則是「情根峰」，等等。

一九八〇年代老一輩的書畫家都還在，學生弟子都少不了老先生們取的字號，其中以王北岳先生為學生取號最有系統，一律是「子」字輩，只要篆刻界的人簡介中有號「子〇」的，就是王北岳的學生，辨識度非常高。王北岳用子為學生取號很高明，子有二層含意，一是兒子的意思，一是美男子，擁有眾多有才華的男學生，老師也就當然是泰山北斗了。老輩用心，常常是很厲害的，那可不？一九八〇年代，全省美展要得獎，沒有子字輩那是很難出頭的。江湖有門派，書畫界也是有門派。

一九九一年拜入江兆申老師門下之後，我請求老師幫題了好幾本書的書名，包括篆刻散文集《不是蓋的》、《會心一笑》、歷年得獎詩作《如

江兆申老師所題「晨鈔暝勘樓」

畫》等，也趁機請老師幫我取書齋名，老師說，以我的名字，本來用「友多聞齋」不錯，用「友直友諒友多聞」典故，但林語堂就是用「友多聞齋」，時代太近，所以最好另取。

幾經考慮，老師說我是作家、也是編輯，又是住在大樓裡，那就取「晨鈔暝勘樓」吧，這個書齋名可以保證是沒人用過的，老師還特別用了仿宋羅紋紙、最著名的「江體」幫我寫好橫披，裝裱完成之後，就堂而皇之的掛在家裡最顯著的位置。

很少有人會問「晨鈔暝勘樓」是什麼意思，來往的文藝界朋友看得懂，那是「早上抄寫晚上校對」的意思，所以也不必多作解釋，頂多就是要說明一下「鈔同抄」而已。

有一次一位印刷廠的老闆送打樣來，也問

「晨鈔暝勘樓」是什麼意思，也不知哪裡來的靈感，就說「就是早上賺鈔票、晚上數鈔票」，聽得這位朋友滿臉羨慕，說也要去弄一個「晨鈔暝勘樓」，嚇得我趕快說實話，一再強調「早上抄寫晚上校對」也未免太辛苦之類，才好不容易打消他的念頭。

因此我想，還是得另取一個比較簡單清楚的齋名號。我的創作從現代詩文到書畫篆刻，大致可以分成文學和書畫，所以以詩代表文學，書畫篆刻都要用墨，就要用硯臺磨墨，我又喜歡硯臺，所以就用硯字概括書畫篆刻，加上房子不過三十坪公寓，小小的，所以就有了「詩硯齋」這個齋名，這個齋名似乎很浪漫典雅，但用理性分析才完成，好處是果然很清楚簡單明白，從未有人問是什麼意思。至少，當有人再問我為什麼買那麼多硯臺時，只要說我的齋名叫詩硯齋，也就不必多作解釋了。

新詩中的墨色

二〇一九年春天，我寫了四首和書法有關的新詩（還有幾十首舊體詩），分別是：王羲之〈蘭亭序〉、蘇東坡〈寒食帖〉、黃山谷〈花氣薰人帖〉、趙孟頫〈赤壁賦〉，都是我經年時常臨寫的書法。

詩人以書法為日課，當然免不了把一些心得化為文字，感性的部分，是意象的塑造、文句的經營，讓現代讀者可以從現代詩這樣的文學形式中，感受另一種深度閱讀書法的意境。

理性的部分，則是我對書法的理解與一定程度的考證。

雖然詩以感性為主，但深刻的部分常常建立在理性上。以寫〈東坡〈寒食帖〉〉為例，其中除了發揮我對〈寒食帖〉詩意的理解，也帶進去了我長年臨寫、閱讀蘇東坡書法的許多「字外學問」，其中最重要的，當然是這件號稱三大行書的書法，究竟是在什麼情境下寫出來的。

王羲之的〈蘭亭序〉曾經有過真假爭議，〈蘭亭序〉的文章和書法都受到過很大的質疑，歷代學者寫了成千上萬的文章，但沒人能夠真正辨析〈蘭亭序〉天下第一的緣故。〈蘭亭序〉在北宋時期引起文人群體的瘋狂追求，可以考察到的紀錄就有一千多個版本的〈蘭亭序〉，然而事實上，整個宋朝，連一個見過接近〈蘭亭序〉真跡的摹本的人都沒有。換句話說，他們這麼推崇的〈蘭亭序〉，根本沒人見過接近真跡的摹本，所有的論述，對王羲之的讚美，都建立在模糊不清的「定武刻本」上，而「定武刻本」的母本，也不是接近真跡的摹本，而是歐陽詢的臨本。所以，北宋文人敬之若神的「定武刻本」，其實不過是經過了臨、上石、刻、拓等三、四手「轉譯」的〈蘭亭序〉了，所以神龍半印本〈蘭亭序〉裡面那些超級厲害的筆法，他們是從來沒見到過的。

和〈蘭亭序〉一樣，〈寒食帖〉其實也有不少疑問存在，而對寫字的人來說，比較重要的，是蘇東坡是在什麼樣的狀況下寫出〈寒食帖〉這件備受稱譽、而又和他平常寫的字很不一樣書法？因為寫字的人難免想要達到相同的境界、高度，所以蘇東坡到底是怎麼寫出〈寒食帖〉來的，非常重要。

〈寒食帖〉是東坡真跡無疑，他的筆法似拙重而實靈巧，但應該只有真正練過東坡書法，才能印證文字記載中蘇東坡的寫字特色。〈寒食帖〉極致表現了蘇東坡寫字的特點，而又有其他存世一百多件書跡沒有的特色，尤其是字的大小變化極為強烈，大小之間相差十倍以上，以及書跡中頻繁的錯、漏、改、補字。

字的大小差異與錯漏，是東坡存世書跡中絕無僅有的現象。

蘇東坡存世書跡，無論中年、晚年，字體粗細、信件、文章、抄錄自己或別人的詩，最大的特色就是沒有錯字，依常情而論，這只在有底稿的情形下抄寫，才可能發生。

寫字有錯漏是人之常事，現代人寫字都是為了練字或寫作品，都是刻意為之，因此絕對不會有錯字，也常常看到書法比賽的評審因為作品有錯字而刷掉參賽的作品，不能有錯字也成為書法比賽的鐵則。我數度提出這種標準極度荒唐，但至今仍然未能改變那些評審的態度。

如果書法不能有錯字才及格，那麼書法中最偉大的三大行書，王羲之〈蘭亭序〉、顏真卿〈祭侄文稿〉、蘇東坡〈寒食帖〉去參加比賽，一定全部落選，因為這三件書法都有「嚴重的」錯字漏字。

有錯漏字必然是因為寫字的時候還在思考、調整文字，所以，三大行書必然都是草稿，或是未定稿時再次謄錄的整理稿。

蘇東坡在世的時候就有詩文出版，他還有一些記錄出遊時在荒山野寺的題詩，這些作品之所以流傳，只有一個原因——就是蘇東坡自己留有底稿。

把自己的作品抄錄送給朋友是古人「詩文交往」最重要的方式之一，而且同一詩文通常會抄錄轉發給不同的朋友，所以作者本人必有定稿留存，〈寒食帖〉就是未完成定稿前的整理稿。

因為整理稿件，不必刻意書寫，所以字體大小隨手而就，不像東坡其他書跡的乾淨、整齊、沒有錯漏字。

因為不是刻意書寫，所以東坡下筆比較自在。除了很清楚強烈的寫字動作和習慣，也有許多比較不經意、不在控制範圍之內的筆法，例如起首的「自」，筆畫有點不穩定，似乎是起筆的角度不對，然後刻意調整回來；「花泥」兩字的遊絲方向，完整記錄了蘇東坡寫這兩個字的時候有點「錯手」，尤其是花接泥時筆畫方向完全不對，但蘇東坡手不停移的瞬間修正錯誤，因而產生了書法史絕無僅有的遊絲技法。

事實上，花泥兩字說明了很多事情：一、寫字很容易出神、出錯，蘇東坡寫〈寒食帖〉時即如此。二、蘇東坡寫字的技術非常熟練、靈巧，他用筆一般都比較重，折筆多強硬，筆畫映帶多折筆，映帶的筆畫因此比較剛強，所以一般會誤以為他的字很「笨」，其實不然，他直畫筆畫剛強、轉折有力，加上字形不求妍美，所以常常有人誤以為他手拙，但實際臨寫東坡書法，就可以知道他的筆法有許多靈巧的地方是一般書法家寫不到的。三、蘇東坡寫〈寒食帖〉的筆一定非常好，要彈性絕佳（可以連續寫出很粗的字），出鋒銳利（可以寫出很細的遊絲），筆肚要夠大（才能寫粗），筆鋒夠長（才能寫出粗細差異很大的字），筆鋒要很尖（才能寫出很細的筆畫和遊絲），所以是一種長鋒硬毫，而且必然是新筆，而且是一枝品質很好的筆。

蘇東坡對筆、墨有很高的要求，有時一買就是數百枝，有些比較不好的寫幾十字就不用了，碰到像「諸葛世家」的筆，那就常常珍若拱璧，喜歡到不僅要做紀錄，還要不時拿出來向朋友炫耀一下。碰到朋友有好墨，甚至會借而不還。

紙當然也是時時備用的，所以即使被貶，蘇東坡寫〈寒食帖〉的筆墨紙硯必然都是精品，文人寫字，用好的筆墨紙硯是基本要求，也是一大享受。

〈寒食帖〉的墨色極為深厚，墨和紙張的接觸、融合非常理想，可以證明蘇東坡不管際遇如何，必然隨身帶有好紙、好筆、好墨，那些大量毫無錯漏的書跡，也可以旁證東坡寫字的講究、嚴謹、慎重。

〈寒食帖〉的字卻是比較隨意的，此處的隨意是指「隨著字意」，但一般都解釋成隨意自在的隨意，比較接近「隨手而寫」甚至「隨便寫」的意思，其實不然。

像蘇東坡這樣的書法家，寫字的嚴格技術已經成為他的習慣和反射動作，所以他寫字有一定的「基本技術」。即使不刻意追求字形、技法的完美，看似不經意的一筆一畫也會展現出他深厚的寫字功力，也只有這樣的寫字功力，才能夠把文字中的意境表現出來。他當時那種雜亂、苦悶的心情都記錄在他的筆畫、字形、行氣之中，可以輕易看到他寫字心情的不快樂。

韓愈說草書可以表現出「喜怒窘窮」各種情緒，不懂的人看一下蘇東坡〈寒食帖〉，應該能有所理解。

〈寒食帖〉是整理稿，從字的錯漏、雜亂可以看得出來，從書法中「年、中、葦、紙」四個長筆畫的字清楚可知，因為長筆畫的長度有點失控，擠壓到下一個字的空間，因而有上下字疊筆的狀況，這也是在正式稿件中不可能會出現的狀況，說明蘇東坡是在完全沒有安排格式（算好寫字的位置）情況下書寫的，因而字體大小變化隨著字形筆畫的多寡繁簡而變化，也因而充滿更多字間變化的味道。最後的「起」字獨立一行，這本來也是書法作品中的大忌，然而在整理的稿件中是可以不必理會這些規矩的，所以可以再進一步證明〈寒食帖〉必非草稿，也不是定稿，而是整理詩稿過程中的整理稿，和顏真卿〈祭侄文稿〉全然是草稿的狀態不同，因而也可以附帶推論，〈蘭亭序〉一樣是整理稿。

在現代詩的寫作中，表面上是以詩人的感性出發，「演繹」了蘇東坡寫字的情節，然而，事實上詩是建立在我長久臨寫蘇東坡書法的認識上，許多寫字的特色、工具的應用，雖然我無法以古人紀錄證明事實如何，但卻可以從實際的書寫中推算出來，這樣寫詩，必然是有根據的，而不是「感性得一塌糊塗」，也才能夠表達出我想要表達的意境。

東坡〈寒食帖〉

原本只是一個尋常的失眠的夜晚
因為你的詩你的字
而成了一則傳奇
雖然，詩中那盆海棠花
應該早就開過、謝了
你似乎感覺，生命中的春天也過去了
很多東西都在凋零，剛剛過去的春天
已經秋天般蕭瑟、清冷、無奈
那場雨已經下了數百年，一直沒停

你潮濕的心情似乎永遠沒乾
這些你都寫成詩，寫在那天晚上
微弱燭光下，整理詩稿時寫的字裡
墨色烏黑如昨，但你說頭髮白了
因為生病的緣故
想必更因心情灰暗
起初你的筆畫有些猶疑
精神很難集中，如搖晃的燭光
常常有錯字、漏字，思緒中斷
如人生錯誤的步伐，被貶黃州
何等巨大的挫折，就因為寫詩
竟然被捕、下獄、折磨
幽居三年的苦悶如長雨深夜無眠且有風
風聲雨勢中的小屋如盪舟
更動盪的，當然是你的思緒

這些都在你的詩裡
你的字，濕葦橫陳
乾柴亂堆，沉重如家鄉的墳墓
雜草叢生於粗石砂礪之間
這樣的窮途末路，連哭都沒力氣
連冰冷的灰燼都吹不動了
哪裡還有瀟灑、風流與自在
然而，詩中那盆海棠花終究曾經盛開
汙泥般的錯字也掩藏不了
胭脂色的嬌豔，你寫錯方向的筆畫
　極細的遊絲神妙流動
記錄著瞬間的轉動，那是
歷史上從未有過的一筆
花泥纏繞，刻骨般深入紙裡
然後又在紙上盛開

動人心魂的嬌豔
似乎預言著
從此之後再也沒有人能夠
成就的文化意象
即將在你的字、你的詩裡
完成，在不久的將來
在一個叫赤壁的地方

註：北宋元豐五年，東坡貶黃州第三年，作〈寒食帖〉，詩文皆沉鬱蒼涼。同年秋，有〈前後赤壁賦〉，飛揚豪邁，開文學新氣象。

寫字的情懷

常常會有人問，為什麼會喜歡書法？

一個人會喜歡某種事情、某個人，常常是與生俱來的，所以我非常相信一見鍾情，無論人、事、物都是如此。

不過，喜歡是一回事，如何深入喜歡，或者說，因喜歡而深入究竟，又是另一回事。

臺靜農先生有一次告訴我，沒有好字寫，很難受。

老先生的意思應該是，寫不出好字讓人鬱悶，反過來說，寫字順手，心情就愉快。

江兆申老師有一張照片，是他為一齣戲書畫了背景後所攝，神情極為愉快，想必那次的創作讓他覺得很得意。

對喜歡寫字的人來說，寫字不只是單純的寫字，更是心情的表達與寄託。

現代人多用電腦打字，有寫字的機會也是用硬筆居多，可能比較難以理解用毛筆寫字的那種酣暢的感覺。

筆是文人的劍，寫字如同舞劍，尤其是寫大字的時候，毛筆在紙上揮灑的感覺，常常會愈寫愈興致高昂。

日本人在二次世界大戰之後，興起寫大字的熱潮，拿掃帚大的毛筆飽沾濃墨後赤足在紙上走動運筆，舞蹈般的動作和流淌的墨跡相互呼應，讓寫者、觀者都不禁熱情高漲起來，寫者呼喊狂叫，觀眾拍手叫好，交織成一片激情四射的場景。影響所及，寫大字幾乎成為日本書法展覽的必備節目，也是高校學生表演的重要項目。

大陸、臺灣也有不少人喜歡當眾表演寫大字，照例能夠吸引許多人叫好。

這種寫字的表演其實由來已久，在唐朝的時候尤其普遍。現場寫字的表演以草書最為合適，因為草書的運動迅速、動作幅度大、筆墨飛揚不拘，最能激起觀眾的熱情。

唐朝寫草書最有名的是張旭、懷素，兩人都是現場表演的高手；杜甫〈飲中八仙歌〉說「張旭三杯草聖傳，脫帽露頂王公前，揮毫落紙如雲煙」，詩中的草聖是指草書，首句的意思是「張旭喝了三杯酒以後寫草書」，後二句交代了觀眾身分與書寫狀態，現代寫大字的有些人以頭髮、身體沾墨，在許多看熱鬧而不懂書法的觀眾前表演，自以為創新，其實一千年前張旭已經這樣做了。唐文宗把「裴旻劍舞」與「李白歌詩」、「張旭草書」並稱為「唐代三絕」，並向全國詔書御封，張旭的名氣可想而知。

懷素最有名的〈自敘帖〉其實不是「自敘」，而是輯錄多位「當代名公」歌頌讚美他的句子，這些讚美的句子文字華麗、意象突出，如「張禮部云：奔蛇走虺勢入座，驟雨旋風聲滿堂。盧員外云：初疑輕煙澹古松，又似山開萬仞峰。王永州邕曰：寒猿飲水撼枯藤，壯士拔山伸勁鐵。朱處士遙云：筆下唯看激電流，字成只畏盤龍走。」寫到這樣稱讚自己的句子，不「嗨」都很難。

大詩人李白也有〈草書歌行〉寫懷素的草書，簡直就是一篇活靈活現的現場報導：

少年上人號懷素，草書天下稱獨步。
墨池飛出北溟魚，筆鋒殺盡中山兔。
八月九月天氣涼，酒徒詞客滿高堂。
箋麻素絹排數箱，宣州石硯墨色光。
吾師醉後倚繩床，須臾掃盡數千張。
飄風驟雨驚颯颯，落花飛雪何茫茫！
起來向壁不停手，一行數字大如斗。
怳怳如聞神鬼驚，時時只見龍蛇走。
……

唐朝以後，這種寫字的表演依然經常發生，不過大多只存在於文人雅集之中。宋朝最有名的就是「西園雅集」，據米芾為李公麟〈西園雅集圖〉所寫的〈西園雅集圖記〉，有十五人聚集於主人王詵家的園林——蘇軾、蘇轍、黃庭堅、米芾、蔡肇、李之儀、李公麟、晁補之、張耒、秦觀、劉涇、陳景元、王欽臣、鄭嘉會、圓通大師（日本渡宋僧大江定基）等，都是北宋最著名的文學家、書法家，代表了指標性的文化品味及時尚，因此成為歷史上經典的文人相聚活動。

劉松年繪製的〈西園雅集圖〉，是依照當時情境來表現的「現場報導」。內容可以分為四組。第一段是王詵、蔡肇和李之儀觀看蘇東坡寫書法，第二段秦觀聆聽陳景元阮的演奏，第三段是王欽臣觀米芾正在大石頭上題字；第四段李公麟正在畫陶淵明的〈歸去來兮圖〉，圍觀者為蘇轍、黃庭堅、晁補之、張耒、鄭靖老，最後劉涇與圓通大師兩位談無生論。

雖然畫面布置上以段落來表現，但聚會時應不是分成小團體活動，而應是大家一起參與，但繪畫時以主題為表現方法，將整個雅集流程全面記錄，依序組合成一張畫。

明朝的吳門畫派興起之後，也留下許多類似的紀錄。當時的文人交流非常頻繁密切，許多人如沈周、文徵明，幾乎是毫無虛日的和朋友們聚會，除了吃飯喝酒，更重要的展示收藏、書畫、詩詞作品，互相題跋作品等等，書畫家們如此互相交流、褒賞、讚美，當然也增加了彼此的知名度和宣傳廣度，吳門畫派、書派之所以名氣這麼大，和文人間這樣密集的交流有很大的關係。

當然，對現代人來說，比較重要的，應該是自己寫字的感覺、情懷要如何發揮、掌握。

古人說「書為心畫」，意思是，寫出來的字，是心情、心境的反射。心情好的時候，寫字的筆畫是飛揚的，字體的結構也會比較開朗，心情憂鬱的時候，筆畫就容易沉重，結構也會糾結。說起來好像很玄，其實滿簡單，因為一個人的動作行為受到情緒的影響，寫字也是動作的一種。

所以從字跡可以看到一個人寫字當下的心境、情緒、個性，社會地位、甚至一時的吉凶禍福，似乎很玄，其實不過就是字體反應內心而已。

漢字的發明以象形為基礎，而後向會意、假借發展成複雜的系統，但因為最初的象形與大自然有所呼應，所以漢字有一定程度的抽象的能量。所以我常常告誡學生寫字要寫有正能量的字，苦痛悲傷的練過就好，但不要常寫，多寫喜樂明朗的字，可以增加一時的氣運。

寫字要寫得好，不管硬筆、毛筆，都得經過一定的訓練，訓練寫字技術的方法，和其他技術並沒有什麼不同。

然而練字是辛苦的，長期堅持更是不容易，因此要懂得在練字的過程創造樂趣。

以前的人寫字，可以廣泛應用在寫筆記、日記、寫信上，不管寫字程度如何，寫出一張乾乾淨淨的字，總是賞心悅目。

現代人不太可能用毛筆寫筆記、日記、寫信了，所以，更需要「開發」寫字的情懷。

篆、隸、行、草、楷各有其美，因而應該要能體會書寫各體的美感。

寒冬酷冷，宜書秦篆漢隸，以白酒助興，則時間蒼莽之感，皆在筆端流動。

盛暑高熱，何妨赤膊寫狂草，亦有一種酣暢的快意。

暮春初溫，最宜泥金箋小字行書，抒發空氣中流動瀰漫的生機。

初春乍暖還涼，寫字的心情因而變化萬千。

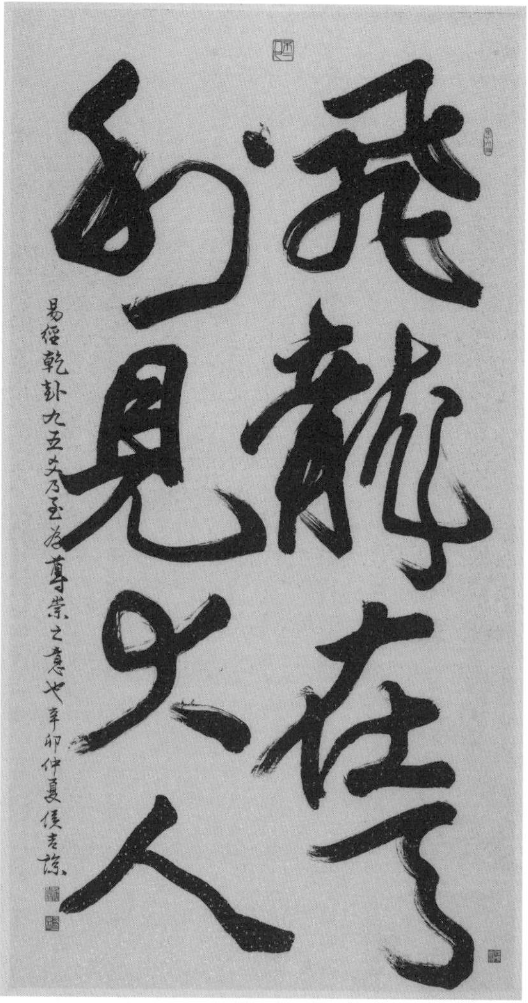

中華大學收藏的侯吉諒書法〈飛龍在天、利見大人〉

秋風悲涼，當用老紙書舊作，寫一種無可如何的感傷。

寫字若能有以上的心境，字不美亦能佳。

足下近如何

——書法中的問候

對現代人來說，寫信似乎是很遙遠的事了，事實上，也不過就是二十年前，網際網路還沒普及、電子郵件尚未流行的時候，雖然電話已經非常方便，但寫信仍然是人們生活中非常重要的事。

在沒有電話、手機、網路的年代，寫信是與遠方親朋好友聯絡的唯一方法，因而從很早很早的時候開始，古人就非常重視寫信。

書法史上，最有名的信就是王羲之的《十七帖》。《十七帖》是王羲之寫給親朋好友的二十八封信，因為大多以草書書寫，所以在唐朝時就集刻成帖，是草書的經典。

除了碑刻的《十七帖》，王羲之還有其他的墨跡摹本傳世，全部都是寫給朋友的信，也全都成為書法史上極其珍貴的作品。

王羲之書信的文字非常簡潔，一兩字就代表一件事，所以雖然文字很短，說的事卻不少。例如乾隆皇帝珍藏過的〈快雪時晴帖〉，就是如此。〈快雪時晴帖〉的內文是：「羲之頓首快雪時晴佳想安善未果為結力不次王羲之頓首　山陰張侯」，加上標點符號，就是「羲之頓首：快雪時晴，佳，想安善，未果為結，力不次，王羲之頓首。山陰張侯」

除了收信人「山陰張侯」和重複二次的「羲之頓首」外，這封信的真正的內容是「快雪，時晴，佳，想安善，未果為結，力不次。」幾乎是每一兩字就講完一事，而信中真正要表達的內容，則是「未果為結，力不次」七字，這短短的七字，涵蓋很多意思——未果（之前說的事尚未有結果），為結（為之牽掛、一直放在心裡面），力不次（沒有能力做到）。

由此可知，信件內容除了「正事」之外，那些看似無關緊要的寒暄、問候語也很重要。

古人寫信的格式和現代人差別很大，現代人寫信開頭先稱呼對方，自己的名字寫在最後，而古人剛好相反。現代人看古人的書信格式可能覺得奇怪，其實古人的做法很有道理，因為把自己的名字寫在前面，除了收信人一看就知道是誰寫的信，也像是兩人面對面說話，例如蘇東坡的〈新歲展慶帖〉，一開始就是對收信人的問候：「軾啟：新歲未獲展慶，祝頌無窮，稍晴起居何如？」

這種寫信先問候的格式，古人是很講究的，趙孟頫寫給明遠的信就是如此：「孟頫書致明遠提舉賢弟坐右。孟頫別來。每切懷想極寒。計惟動履勝常。茲有柔毛一牽。牟粉十封。朱橘一柈。蜜果十桶。專僕馳納。聊見微意。一笑留之。幸甚不宣。孟頫書致。」

這種問候通常不是泛泛的套語，而是與天氣、環境和彼此的關係相關，收信人因此會特別有感覺。

王羲之寫給周撫的〈積雪凝寒帖〉，可以說是此中典範：

「計與足下別，廿六年於今，雖時書問，不解闊懷。省足下先後二書，但增歎慨。頃積雪凝寒，五十年中所無。想頃如常，冀來夏秋間，或復得足下問耳！比者悠悠，如何可言？」

和分別二十六年的老朋友寫信，又碰到五十年來未曾有過的大雪，王羲之筆下特別帶有感情，我每次臨寫〈積雪凝寒帖〉，都不禁馳神想像這種友情的醇厚，也慢慢體會出王羲之「雖時書問，不解闊懷」這八個字的深沉。

一九八〇年代我剛剛工作的時候，常常需要寫信聯絡，光是如何稱呼對方、信封要怎麼寫，就很費了番功夫，而根據收信人的身分必須要有的不同問候，更是大學問。那個時候，一本應用文大全是案頭必備的常用書。

應用文之類的書不免短於文辭的優美，因此我常從古人的尺牘中去尋找問候請安的用語。讓人驚訝的是，一個人的文學成就高低似乎也表現在這些地方，蘇東坡就是最好的例子，他的〈人來得書帖〉就是一篇非常好文章：「軾啟：人來得書。不意伯誠遽至於此，愛愕不已。宏才令德，百未一報，而止於是耶。季常篤於兄弟，而於伯誠尤相知照。想聞之無復生意，若不上念門戶付囑之重，下思三子皆不成立，任情所至，不自知返，則朋友之憂蓋未可量。伏惟深照死生聚散之常理，悟憂哀之無益，釋然自勉，以就遠業。軾蒙交照之厚，故吐不諱之言，必深察也。本欲便往面慰，又恐悲哀中反更撓亂，進退不惶，惟萬萬寬懷，毋忽鄙言也。不一一。軾再拜。」

蘇東坡的好朋友陳季常有手足之喪，蘇東坡「本欲便往面慰，又恐悲哀中反更撓亂，進退不惶，惟萬萬寬懷，毋忽鄙言也」，細膩體貼、關懷朋友的心情，可以說是一語三迴腸，沒有這樣細膩的心思和文筆，怎麼可能有蘇東坡那樣絕世的文采？

文人尺牘是中國書法極其重要的一環，比起其他形式的宣示性碑刻、展示性作品，尺牘多了人與人之間的互動與情懷，其中人、事、時、地、物的各種故事，讓人在閱讀尺牘書法的時候，有更多的深度、廣度可以品味，充滿趣味。

電話發明以後，人與人的聯絡快速方便許多，但也使寫信這樣的行為大量消失，傳承人類歷史與文明的重要方法，就這樣慢慢被淘汰了，這實在是文化上的大損失。

就個人來說，不寫信其實也是一種損失，很多思路、想法、情緒、感懷、靈感，在寫信的情境下會被提煉得更純粹、明白、深刻，然後藉由文字的書寫而被記載下來。如果用電話、電子郵件、即時通訊，都可能因為不能留存、太過即時，而缺少等待、沉澱、思考的厚度。

古人信中的問候語通常是在不斷反覆斟酌、思考的情形下，被琢磨得如珠如玉。例如「比日起居何如，後會不可期，惟萬萬以時自重」（蘇軾），「暑熱不及通謁，所苦想已平復，日夕風日酷熕，無處可避，人生韁鎖如此，可歎可歎」（蔡襄）、「比涉春和，伏惟台履萬福，荊妻思念之深，每形夢寐」（文徵明），這樣的句子，閱讀背誦之際，多少可以感受文字的魅力。

因為覺得尺牘文字非常優美，所以我節錄了王羲之字帖中的十三個字，組合成一篇問候的短信：「足下近如何，想安善，小大皆佳也」，這十三個字的筆法非常有節奏，寫起來很有暢快感，對手腕、指臂的放鬆很有幫助，所以我又把它稱之為「書法健康操」。每天練字時，先寫幾遍「書法健康操」，對靈活寫字很有幫助，而如果學生有興趣寫信，用這樣的帖子作基礎再加上幾句，就是極佳的書信，相信收到的人都會捨不得丟棄，如同我們喜愛保護歷史上那些文人尺牘。

〈釵頭鳳〉

我大一那年，中興大學食品科學系舉辦了迎新晚會，晚會中許多學長表演了歌、舞、京劇、武術，讓人對食品科學系學長姊的多才多藝印象深刻，而其中最厲害的，是陸游〈釵頭鳳〉詞的表演。

那次演出有獨白，簫、琵琶、古箏的演奏，以及詩歌朗誦，幾位演出的學長姊各自擔任國樂社、合唱團、辯論社的社長，擔任獨誦的更是當年全國詩歌朗誦的第一名。整個表演先從手提燈籠的長者從舞臺後方緩步上臺，敘說「南宋大詩人陸游一生只愛他的表妹唐蕙仙……」，然後是一段幽然如流水的簫的獨奏，而後再加入古箏，而後是朗誦，而後是情緒激昂琵琶、然後是……

那天晚上的表演是幾十年來我見過最精彩的詩歌朗誦，同時也為我開啟了〈釵頭鳳〉的各種角度的深入閱讀。

陸游，與表妹唐婉從小青梅竹馬，長大後，宋高宗紹興十四年，二十歲的陸游和表妹唐婉結為伴侶。

不知為何，唐婉不為陸母所喜，最後甚至逼迫兩人離婚。陸游和唐婉不願分離，他多次向母親懇求，卻都遭到母親的責罵。

迫於母命，陸游無奈與唐婉忍痛分離。陸游依母親的心意，另娶王氏為妻，唐婉也迫於父命嫁給同郡的趙士程。

十年後，陸游獨自漫遊山陰城（今紹興）沈家花園，意外地遇見唐婉及趙士程。

趙士程知道陸游與唐婉的關係，非常大方邀請陸游與他們共聚同飲。這次意外相逢，陸游感慨前塵往事，因而寫了著名的〈釵頭鳳〉：

紅酥手，黃藤酒，滿城春色宮牆柳；
東風惡，歡情薄，一懷愁緒，幾年離索，

錯！錯！錯！

春如舊，人空瘦，淚痕紅浥鮫綃透；

桃花落，閒池閣，山盟雖在，錦書難託，

莫！莫！莫！

唐婉讀後，步陸游原韻也和了一首〈釵頭鳳〉：

世情薄，人情惡，雨送黃昏花易落；

曉風乾，淚痕殘，欲箋心事，獨倚斜欄；

難！難！難！

人成個，今非昨，病魂常似秋千索；

角聲寒，夜闌珊，怕人詢問，咽淚裝歡；

瞞！瞞！瞞！

陸游的詞雖然感人，但只表現了他對這段情感被無端拆散的無奈，是對前塵往事的無力追悔，而唐婉的和詞，卻細膩描繪了兩人分手後，她時時刻刻暗傷前情、無法對人言說的處境與心情。

據說唐婉和陸游相逢分手後不久，即因病而逝。歷史上雖然沒有記載原因，但和她黯然傷情的心境必然有關，她那句「病魂常似秋千索」顯然是寫實的描繪。

相對於陸游「單純」的追悔過去，唐婉的詞有更多「正在發生」的現實的描繪，除了對陸游的無法忘情，所謂的「欲箋心事，獨倚斜欄」，其實還有唐婉對丈夫趙士程的複雜心曲。

趙士程顯然是個豁然大度的人，他對唐婉和陸游的過去必然是清楚的，而他不但接受了再婚的唐婉，對唐婉的心境應該還有諸多的了解、包容與憐惜，所以和陸游在沈園不期而遇，他可以主動邀請陸游與他們共飲。因此唐婉對趙士程除了有夫妻之情，應該還有感激、感恩和不忍的多種情懷，「怕人詢問，咽淚裝歡」，正是道盡了這種欲說還休、不能表現出來的千言萬語。

年輕的時候寫詩、讀詩，喜歡、追求的都是那些精鍊華麗、出人意料的詞藻，像「金風玉露一相逢，更勝卻人間無數」、「身無彩鳳雙飛翼，心有靈犀一點通」，當時真覺得這樣的句子真是絕美到極點，到了後來，才慢慢看出這些精妙句子有太多雕琢的痕跡。

唐婉的詩則不然，她遣詞用句都是極平常的句子，但仔細推敲，卻可以發現其中暗藏了諸多深刻的意義，她的詞起頭看似尋常，「世情薄，人情惡」似乎只是對世俗人情觀念的控訴，但忽然接了一句寫景的「雨送黃昏花易落」，卻讓這種控訴有了空間和時間上的意義。

表面上，「雨送黃昏花易落」是寫下雨的黃昏花落了這件事，事實上是黃昏時下雨，雨下得很長，整個黃昏都被雨送走了，這是時間的長度，是一種縱向的時間感，黃昏過後是夜晚，夜晚更容易覺得蒼茫無助；花易落，除了是「花落」這件事，還有「易落」這樣的情態。花落是兼具視覺上、空間上的動靜效果，而簡單的加上易字，則立刻深化為情感的、擬人的描繪，於是「雨送黃昏花易落」這樣用語極其平常的句子，就充滿了極為深刻而複雜的意涵。相對來說，陸游的詞上半闕「紅酥手，黃藤酒，滿城春色宮牆柳；東風惡，歡情薄，一懷愁緒，幾年離索」，雖然寫景也寫情，但卻只是停留在表面的描寫，連那一連三聲的「錯！錯！錯！」也顯得有點只是蒼白的吶喊，而不似唐婉在「曉風乾，淚痕殘」之後「欲箋心事，獨倚斜欄；難！難！難！」那麼迂迴曲折、道盡難以訴說的委曲，「難！難！難！」三字更似一層層深入的百轉愁腸，有著無窮無盡的千迴傷感。

陸游是史上有名的愛國詩人，但我讀他的詩卻少有喜歡，總覺得陸游的詩少了一點什麼。和唐婉的作品比起來，很清楚就是那種深刻細膩的情感、而且是知人知彼的情感。

我一直覺得陸游寫〈釵頭鳳〉固然是有感而發，但作為一個詩人，他應該知道這樣的詩詞會引發什麼樣的反應。他可以寫，但不應該流傳，至少不應該在與唐婉重逢後不久即流傳。

現在紹興有名勝「沈園」，據說即是南宋沈園的舊址，在沈園最裡面的一面牆上，寫的就是陸游的〈釵頭鳳〉，據說當初陸游、唐婉重逢之後，陸游即把〈釵頭鳳〉寫在沈園的粉牆上。故事很美，但卻很傷人，至少對唐婉、對趙士程來說如此，唐婉的〈釵頭鳳〉委婉寫出了其中的曲折。

四十多年後，陸游舊地重遊，又作了兩首七絕題為〈沈園〉。此為慶元己未歲，陸游已經七十五歲。詩曰：

城上斜陽畫角哀，沈園非復舊池臺。傷心橋下春波綠，曾是驚鴻照影來。

夢斷香銷四十年，沈園柳老不吹綿。此身行作稽山土，猶弔遺蹤一泫然。

從這兩首詩看來，陸游終究還只是沉溺在自己的感傷之中，卻對唐婉的心境仍然未有深入的體會。這真是叫人在千年後不禁要發出「嘆！嘆！嘆！」的嘆息了。

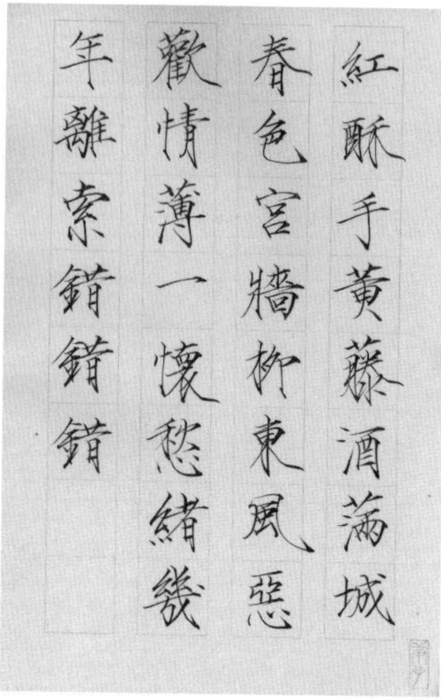
紅酥手黃藤酒滿城
春色宮牆柳東風惡
歡情薄一懷愁緒幾
年離索錯錯錯

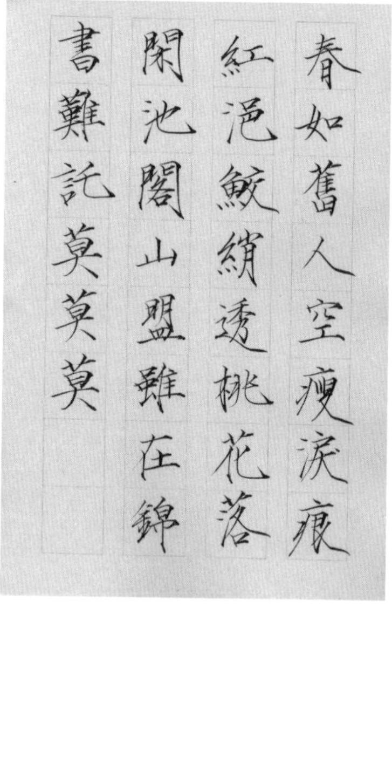
春如舊人空瘦淚痕
紅浥鮫綃透桃花落
閑池閣山盟雖在錦
書難託莫莫莫

侯吉諒書陸游詞〈釵頭鳳〉

〈釵頭鳳〉的鍊字

二〇一九年冬天，重新閱讀宋詞並用瘦金體抄錄佳句，體會不同於單獨閱讀，書法與詩詞之間、字與詞意之間，往往有更多感受。

若說宋詞是宋朝的文學特色，瘦金體則是最可以表現宋詞精微、優雅、細膩的書法風格，用別的書體寫宋詞，遠遠沒有瘦金體可以表現的精緻迷人。

有時抄錄眼前閱讀的詞句時，比較熟悉的作品會閃入心中，於是憑記憶書之，似乎又比原本閱讀而後書寫的更有味道。〈釵頭鳳〉的句子總是如此這般、三番兩次的進入我的心緒之中，於是隨興書之，有時單句，有時是完整的抄錄，都時有發生。

唐婉和陸游的〈釵頭鳳〉一直是我偏愛的作品，因為其中有唐、陸兩人的愛情故事，閱讀的時候總是覺得特別感人。

唐婉和陸游原本是從小一起長大的佳侶，因為陸游的母親不喜歡唐婉，逼令兩人離婚，離婚後兩人各有婚姻家庭，後來他們在紹興的名勝「沈園」意外相會。陸游因而寫了〈釵頭鳳〉表述自己的心情，唐婉收到後以原韻和之回覆。

一般來說，和作通常不太容易寫得比原作好，因為原作可以隨意發揮，和作則受限於原作的題材、情緒，只能有限的延伸，所以和作能比原作好的很少。蘇東坡的〈水龍吟〉（詠楊花）是少數的例外，唐婉的和作更是如此。

我憑記憶書寫唐婉的句子，有一句「欲箋心事」卻無法訴說的心境，起先寫了下句「獨倚欄干」，後來覺得不對，因為記得她上句是想要書寫心事，但因礙人耳目，所以只好常常私下自言自語，所以再改成「獨語欄干」，這樣便符合唐婉的心境，但寫完以後查看原作，正確的句子是「獨倚斜欄」，一個斜字表現出了心境、心情上的不安，唐婉用字之精之講究，真正是到了每一個字都要表達心境的地步了。

相對來說，陸游的詞雖然也算是佳作，但內容只是泛泛的舊情難忘。對陸游來說，和唐婉的離異、相逢固然使人懷念舊情，裡面有諸多繾綣、悔恨、無奈、傷心，但也就如此了，沒有再更深入的東西。

唐婉卻不然，她寫出了當初交迫分離的心情，更深刻描繪了再婚後對舊情的萬端愁緒，以及無法向人訴說的這種心境。不但無法向人訴說，甚至完全不能表現出來，從「欲箋心事，獨倚斜欄」到「怕人尋問，咽淚裝歡」到結束句「瞞、瞞、瞞」，真正做到一字一折，深沉哀婉。用情如此，絕非長命之相，這也就難怪寫完〈釵頭鳳〉不久之後，唐婉就過世了。

寂寞能殺人，哀傷亦能致死，如果說陸游是用一時的心境在寫詞，那麼唐婉就是用生命寫出了別人無法企及的哀歌。

作品的深度決定了作品的價值，而不是寫作者的知名度、才氣與歷史的評價。唐、陸兩人的愛情悲劇是陸游一輩子都未曾忘記的傷痛，所以到陸游八十多歲的時候，他仍然四度寫下唐、陸的愛情悲歌，以及對唐婉的無限懷念，陸游過世之前寫的作品是：

沈家園裡花如錦，半是當年識放翁；
也信美人終作土，不堪幽夢太匆匆。

詩中所謂的幽夢已經是五、六十年前的事了，但無論心情還是詞意，依然停留在〈釵頭鳳〉的層次上，和唐婉所寫，還是差太多了。

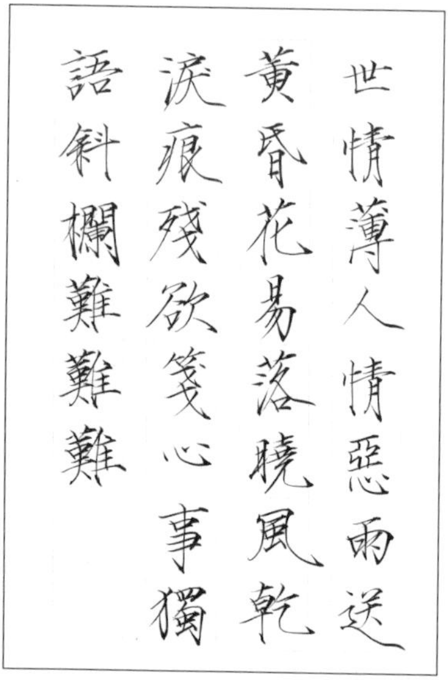
世情薄人情惡雨送
黃昏花易落曉風乾
淚痕殘欲箋心事獨
語斜欄難難難

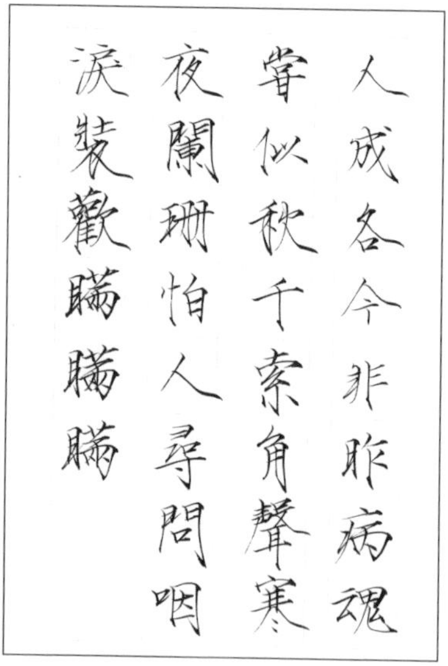
人成各今非昨病魂
嘗似秋千索角聲寒
夜闌珊怕人尋問咽
淚裝歡瞞瞞瞞

侯吉諒書唐婉詞〈釵頭鳳〉

豔詞情懷

——從花間詞說起

近日讀寫唐宋詞，見溫庭筠〈菩薩蠻〉，依稀記得國中國文課本選了這首作品：

小山重疊金明滅，鬢雲欲度香腮雪。懶起畫蛾眉，弄妝梳洗遲。照花前後鏡，花面交相映。新貼繡羅襦，雙雙金鷓鴣。

之後很多年，偶爾看到這首詞，似乎重點都是在考證所謂的「小山重疊」指的是什麼眉形，好像有人考證出了古畫中有這樣的化妝方式，究竟如何，也沒有深究。

後來，又讀到周邦彥〈少年游．并刀如水〉：

并刀如水，吳鹽勝雪，纖手破新橙。錦幄初溫，獸煙不斷，相對坐調笙。

低聲問向誰行宿，城上已三更。馬滑霜濃，不如休去，直是少人行。

記得似乎也是國文課本的內容，是高中還是初中就不確定了，但我還清楚記得當時老師很努力在解釋「并刀如水，吳鹽勝雪」，但對一個臺灣長大的小孩來說，其實很難理解「并刀」、「吳鹽」為什麼成為詩的意象，就是剪刀和鹽巴而已不是嗎？怎麼就成了寫作的內容？

年輕的時候其實也不懂「纖手破新橙」這樣的場景有什麼好描繪的？不就是一個女生用手把新鮮的橙子掰開嗎？這有什麼好寫的？

當然，後來就懂了這些詞中瑰麗的意象和風流、冶豔、露骨的男女之情，好吧，後來確實覺得，這樣的詞的確有一些撩動人心的細節，文字可以寫得這般性感，也果然是高手才能寫得出來的東西，也難怪能夠流傳一千多年。

然而卻忽然想到，在我讀書的一九六〇年代，臺灣社會還是非常貧窮與保守，學生需要被教育和灌輸的應該是一些正面、昂揚、能夠提升志氣和人生志願的文學作品，中國的古典詩詞名作這麼多，為什麼那些感時憂國、立志向上的作品不選，卻為什麼選了溫庭筠、周邦彥寫的這種豔詞呢？

再進一步說，一九六〇年代的民風保守，這類大談、細繪男女感情的作品，恐怕大部分的學生都是不懂的。按照當時的社會風氣，老師教這樣的作品或許也有許多「難言之隱」，因為其中不能說的情境太多了，言詞稍微一不小心，也許上課就變成了挑逗，如果是男老師教女學生，或許問題會更多。

也許正是因為這樣，老師們只好用力解釋名詞，努力說明并州的刀子如何白亮如水，吳鹽如何白到比雪還白，至於後面的「情節」，就統統都略過了，至少我記得的情形是這樣。在那樣的年代，太香豔的情節不好說，說了學生可能也聽不懂，聽懂了則對正在發育的青少年會有不良影響。所以就乾脆別說吧，就好像那時候的健康教育，性器官、性功能的部分老師都是不說、不能說的，只能回家自己看，不看也沒關係，老師會特別交代，這部分考試不考。

有趣的地方是，在那個年代，為什麼審查嚴格的國立編譯館、教育部，竟然會通過這種內容敏感的詩詞作為國文教材，當時是哪些人在選內容、哪些人在審查？而又如何通過嚴厲的審查制度，有沒有人反應、檢舉這些課文的內容不妥當等等，在現在這個百無禁忌的時代提出這個問題，忽然覺得真是有趣極了。

因為，無論古今中外，所有的獨裁統治，必然在政治、宗教、思想各方面都嚴格控制，並且提出一套「高道德」的東西去要求百姓遵守並嚴密監視，色情自然就成為打擊的必然目標。君不見，臺灣在戒嚴時代的各種審查多麼嚴格，報紙、電視、戲曲、文學、歌曲、電影，無一不在嚴密監視之中，當年那麼多禁書、禁歌，可以證明當時的監視系統多麼嚴密，然而，為什麼影響最廣大的初高中的課本中，竟然出現了描寫男女之情的內容呢？要知道，當時的中學生是男女生不可以交往的，如果有什麼寫信、字條之類的事情被老師發覺，那可是要記過的。

男女生交談、交往都被禁止的年代，為什麼國文課本會選了描繪男女之情的作品？而且竟然會通過審查，編選者可以說是藝高人膽大了。

高中課本的文白比例，曾經引起很大的爭論，那麼多都是關心國文教育的專家學者，居然劍拔弩張、針鋒相對。大家都是飽讀詩書的人，居然為了文白比例而互相攻擊，恐怕事後想想，彼此可能都會覺得有點過頭了吧？

再想想在戒嚴時代居然可以暢行無阻的豔詞，解決這種文白比例問題，應該可以有許多更巧妙的方法。

既然在戒嚴時代可以有豔詞，在這個百無禁忌的時代，提倡本土文化、強調傳統詩詞，應該可以並行不悖的吧？

有些強調傳統重要的人，總是以為提倡本土就是要背棄傳統，其實主張本土的人，讀的傳統文學不比別人少；有些強調本土的人，總是以為提倡傳統的人就是不要本土，其實他們對本土的關懷不比強調本土的人少；嚴格講起來，只是彼此一時一地的側重有所不同而已。

傳統與現代本來就是一種繼承的關係，雖然有時「現代」要用激烈的方式去反對傳統，但最後傳統還是會以各種方式存活在現代之中，而現代如果沒有了傳統，通常也就無法真正創新。

侯吉諒瘦金體書法東坡海棠詩

無佛處稱尊

——黃山谷跋〈寒食帖〉文意深探

二〇一七年開始，教幾位學生學習蘇東坡、黃山谷，二〇一八年底，寫到蘇東坡〈寒食帖〉的黃山谷寫的跋，意外引出黃山谷跋文的文意究竟何指，學生張師從找到李郁周的論文〈蘇軾〈寒食詩卷〉黃庭堅跋語析義〉，引起一點小小的討論。

古文因為用字簡省，經常沒有主詞、受詞，再加上有時一字多義，解讀古文，難免發生歧義。歧義不只是讀者閱讀時發生，也是作者經常會刻意運用的技巧，但這通常發生在詩的寫作上，一般文章還是以清楚明白為上。

黃山谷跋蘇東坡〈寒食帖〉全文如次：

東坡此詩似李太白，猶恐太白有未到處。此書兼顏魯公、楊少師、李西台筆意。試使東坡復為之，未必及此。它日東坡或見此書，應笑我於無佛處稱尊也。

試著今譯如下：

東坡此詩似李太白，猶恐太白有未到處。

說此帖蘇東坡的寒食詩像李白，而且有李白沒有達到的地方（韻味）。

此書兼顏魯公、楊少師、李西台筆意。試使東坡復為之，未必及此。

說此帖蘇東坡的書法融合了顏、楊、李三大書法家的風格，意思是，三花聚頂，有集大成之意。

試使東坡復為之，未必及此。

即使讓蘇東坡再寫一次，未必能寫到這麼好。

它日東坡或見此書，應笑我於無佛處稱尊也。

改天，蘇東坡如果看到我寫的這個跋（書法），應該含笑認可，我黃山谷（的書法）是除了蘇東坡（佛）之外最好的。

以上是從文意上最直觀的解讀方式，也是一般認可的內涵，然而李郁周堅持應該如此解讀：

其實，黃跋中兩次出現的「此書」兩字，是指「蘇軾的寒食二首書法」。亦即如果蘇軾看到這件作品，讀了黃庭堅的前一段稱頌蘇軾

「書合三家筆意」的話，便會笑黃庭堅所說的這段話是在「無佛處稱尊」，我蘇軾還沒有這等能耐。

李郁周用了洋洋灑灑八、九千字論證黃山谷跋書的文意，並說「筆者以往讀過對這句話誤解的文章，本來不以為意，知者自知、誤者自誤，後來覺得還是撰文駁正為宜。」

李郁周對書法的研究不能說不深，但他的解讀方式經常存在唯我獨尊式的見解。其實古文解讀並沒有絕對的唯一正確方法，只要能說得通，大家彼此尊重，會增加古文文意的豐富性，未嘗不是一件美事佳話，但若堅持自己是唯一正確的，別人統統都是錯誤的，不免太過狂妄。

李郁周的解讀重點是：佛是指李白、顏真卿、楊少師、李西台，因為他們都不在了，所以黃山谷說東坡應笑山谷於無佛處稱東坡為尊。他的主張是，黃跋中兩次出現的「此書」兩字，是指「蘇軾的寒食二首書法」。因為有這二個「可以商榷」的解讀基礎，造成了李郁周層層累積的錯誤。

不論古文如何歧義，閱讀和研究文字首先最重要是理解文章的意思，而不是先下結論再找解釋。黃山谷是著名的詩人、學者，遣詞用句一定是非常精確的，他的有些文字因為時代的關係，讓後世解讀有比較多種可能，但總體來說，意思還是比較精確、明白的。

黃山谷寫〈寒食帖〉的跋用字其實很淺顯，理路也相當清楚。

佛者，至高至上境界，山谷既然說東坡此詩猶恐李白有未到處，則東坡於詩為佛，此書兼三人筆意，則於書法東坡亦為佛。李郁周在佛的定義上顯然是錯了。

黃山谷說「它日東坡或見此書」的「此書」，李郁周說是指「蘇軾的寒食二首書法」，這個說法非常奇怪。〈寒食帖〉是蘇東坡自己寫的，寫得如何蘇東坡自己最清楚，哪裡會如李郁周所言，改天再看到自己的字，會覺得黃山谷說這樣的字是於無佛處稱尊，這樣解讀，顯然繞了好幾個彎，所以李郁周還要在論文中畫圖解釋他主張的邏輯，事實上古文是不會這麼曲折的。

「它日東坡或見此書」的「此書」，指的當然是黃山谷寫的跋的書法，因為黃山谷寫這個跋的時候，蘇東坡並未見到，所以「它日東坡或見」說的當然是如果改天東坡看到「此書」（黃山谷寫的跋的書法）。

按照李郁周的推論，「應笑我於無佛處」的我忽然從黃山谷變成蘇東坡，是一個最奇怪的跳轉。文言雖然容易一字多義，古人用字必有講究，若指文字，則黃山谷會寫「此文」，這樣李郁周的解釋勉強可通，但既然是「此書」，東坡應笑我黃山谷的這個字是無佛處（東坡之外）稱尊（最好）。

我年輕時曾經說黃山谷見到蘇東坡這樣的字，或有爭勝之心，但從《山谷題跋》一書中黃山谷多次推崇蘇東坡的字「為本朝第一」，爭勝之心應該修正為「心悅誠服」才是。黃山谷雖然只小東坡幾歲，但對東坡一直執弟子之禮，時時推崇備至，所以黃山谷自言「於無佛處稱尊」，表達了黃山谷完全推崇蘇東坡和肯定自己的雙重意思。

至於李郁周文中舉證的諸多題跋的典故，委實詳盡精彩，可以增加讀者不少書法知識，但他所舉的例子解讀依然可以商榷，未必是他解釋的那個樣子。因和黃山谷的題跋沒有直接的關係，所以就沒有討論的必要了。

輯三

文藝時代

文人與美食

美食人人愛，文人不例外。

喜歡美食的文人很多，但有些人喜歡的方式和一般人不太一樣。

畢業退伍後我到時報工作，是晚上上班，五、六點上班，十一點左右下班，吃飯都在報社解決；報社有餐廳，是當時少數有員工餐廳的企業，不但提供中晚餐，還有宵夜。中晚餐的菜色比較多，宵夜只有牛肉麵。

有一天，大家正在吃宵夜，吃到一半，我停了下來，跟坐在對面的詩人商禽說，商公，你碗有一隻蟑螂。

商禽是著名的詩人，散文詩獨步文壇，頗有魔幻寫實的魅力，時任《時報周刊》的編輯主任，主要工作就是看稿、改稿、下標題，和其他三位：散文家阿盛、詩人林彧和我的工作一模一樣，所以大家在修改稿件、編輯下標的工作上，有點互相觀摩的味道，有時也有比拚高下的感覺，所以那時《時報周刊》的可看性非常高，不僅新聞深入報導，編輯手法也不斷翻新，這和商禽鼓勵、放任我們無所不用其極的試驗編輯手法有決定性的關係。當然，《時報周刊》老闆簡志信的支持也是重要原因，老簡（我們對他的稱呼，親近而無不敬之意）貌似商人，實際上是資深文青，所以當時《時報周刊》每期特有的文藝報導都非常精彩，許多畫家、詩人、攝影家、舞蹈、話劇、音樂會的報導都深入細膩，配上攝影記者的照片更是動人。

商禽有時會在辦公室寫詩，讓人見識他詩興無所不在、隨時可以寫詩的功力。有一天，在等稿子的時候他卻振筆疾書，大家都知道他在寫詩，所以也都在等著看他在寫什麼，結果他寫的是陳文成案件。那時臺灣的政治運動此起彼落，戒嚴時代的肅殺氣氛已經略為鬆散，但像陳文成這樣的案件仍然是禁忌，商禽卻「直搗黃龍」，氣魄之大，連我們都自愧不如。

商禽一邊的耳朵聽力受損，所以經常傾耳歪頭，所以又稱歪公，歪公沒聽清楚我說什麼，歪著頭問你說什麼？

我一字一字的說：您碗裡，有、一、隻、蟑、螂。

歪公推了推鼻梁上的老花眼鏡，仔細看了看，慢條斯理的把蟑螂挾出來，然後……

然後繼續吃。

我說商公的碗裡有蟑螂，大家都已經停下來不吃了，因為都是同鍋煮的，沒想到商禽卻不在乎。

吃了二口，他才停下來說：碗裡有一隻蟑螂不可怕，可怕的是筷子上面剩下半隻，因為另外半隻吃下去了……然後又繼續吃。

商禽他們那一代的詩人，很多是當年隨軍來臺的流浪學生，都過過長途跋涉、饑寒交迫的苦日子，所以對食物非常珍惜，從來不浪費。對他們來說，任何可以吃的東西，就是美食。

瘂弦也是典型的例子。我到聯副工作以後，很快發現瘂弦有一個特色——不管任何時候、任何地點，你問他要不要吃這個吃那個，他一定說要，伸手接了立刻吃。

即使剛剛飯局才結束回到辦公室，拿零食給他，他還是照吃不誤。

過了一陣子，我終於忍不住好奇問他，瘂公，你為什麼這麼能吃？

他說了一個故事。

他說，剛剛到臺灣的時候，他們這些流亡學生是以部隊編制管理的，一起上課、出操、吃住，當時沒有宿舍，所以借住岡山的廟裡。因為是部隊編制，按規定要站衛兵。

有一天半夜他站衛兵肚子餓，餓得慌，到處找東西吃，當時條件差，不可能有零食可吃。後來，他看到供桌上面有供品，是積滿厚灰的紅龜粿，不知道放了多少年了，已經硬得鐵板一樣。他偷偷把紅龜粿拿下來，咬不動，所以找了沒人角落，用槍托敲了幾下成碎片，含在嘴裡慢慢融化，就這樣度過了好幾個飢餓的夜晚。

瘂弦說：年輕的時候吃得少餓得快，那種餓啊，都要把胃燒起來了。

和瘂弦有同樣經驗的是小說家韓秀。民國八十三、八十四年韓秀的先生Jeff是美國在臺協會高雄辦事處處長，先生公務繁忙，韓秀更是沒日沒夜的在高雄掀起一場又一場的文藝熱潮。出書、演講、做廣播節目、辦展覽、文藝活動，成天帶領一堆官夫人們推廣文藝，那應該是高雄文藝風氣最盛的兩年。

韓秀是我在聯副少數從編輯／作家關係中變成朋友的，那時文壇知道我寫字畫畫的人很多，但韓秀是第一個希望看到我這方面創作成果的人。所以在她離臺返美之前，我到高雄辦了一個畫展，為她展示了我的書畫。展覽那幾天我就住在高雄，少不了和韓秀一起吃飯。我那時年輕，食量不算小，但每每吃飽後還等她慢慢把所有的菜吃完。

問她怎麼這麼會吃，她說，文革的時候到新疆「支邊」，餓到了。小時候的餓，到現在還記得。

二〇〇四年我到華盛頓開畫展、到美國國務院、馬里蘭大學演講，就住在韓秀家。她為我做的早餐分量可以飽到一整天都可以不用再吃飯，光是煎得乾乾脆脆的培根就滿滿一大盤。

韓秀不但能吃，更是烹調美食的高手，因為她是外交官夫人，經常要辦很多宴會，所以就學會料理各國美食，還在臺灣出版好幾本銷售不錯的烹飪的書，比許多後來以美食出名的作家早了好多年。

在華盛頓的時候許多朋友請吃飯，而且都喜歡親自料理，但聽到有韓秀要來，都膽戰心驚。劉滄浪號稱是做牛排的高手，一聽說韓秀要來，居然全身換裝成廚師的標準裝束，一點都不敢馬虎。

文人愛吃

講究美食的文人很多，但不是每個人都真懂得吃。

現代作家會吃的很多，能談吃比較好，有本事動手做的，只有幾位，焦桐、詹宏志是其中高手。像我這種靠靈感偶爾做做蛋料理博得妻女讚美的，完全是不及格。

要論近現代最有名的美食家，大概還是非張大千莫屬。張大千能吃、能動手，家裡往來無白丁而多豪貴，沒有「特殊講究」不足以服人，光是看他留下來的那些請客食單，大概就沒人比得上他。其實像張大千寫的那些食單，溥心畬等老一輩都寫過，但就是沒張大千講究。似乎張大千光是寫食單都是以寫成作品的心態寫的，或者說，那就是張大千食單的規格，卑下不得。

像張大千這樣豪氣的書畫大師在生活上的氣派後來應該少有人能及了，家裡不但有專業的裱褙師傅隨侍作業，廚子、園丁一應俱全，光是打張大千的名號就可以獨立開店成業內大腕了。

沒能像張大千那樣有專屬的廚子，一般的文藝創作者還是有講究之道，臺北幾家老字號的餐廳像銀翼之類，就頗多書畫家文人光顧。

網路時代以後流行拍照打卡，以前的書畫家其實早就擅長如此——以前的很多餐廳都掛名家字畫，書畫家留下作品幫餐廳作廣告也為自己打知名度，餐廳的老闆雖然不懂書畫，卻懂得名家就是招牌的道理。現在臺北的餐廳敢用名家字畫真跡裝飾的不多了，大概就只剩下鼎泰豐的楊紀華有這樣的眼光和胸襟，他餐廳裡面的字畫都是真跡，光是江兆申、周澄、李義弘的就好多。有一年他在朋友家裡見到我榜書大字「處厚」，竟然要求朋友借他拿去店裡掛，這位朋友豪氣，再跟我訂了一件送他，就掛在鼎泰豐信義路本店二樓。

文人書畫家上館子是有講究的，首先是要先和老闆打招呼，再來是去廚房和熟悉的老廚師打招呼，老廚師記得老顧客的喜好，火候佐料稍微增減就變出不一樣的美食。張繼高曾經說，去餐廳吃飯，最重要的就是認識廚子，一句話道出絕頂講究。

要說穿衣吃飯的講究，我是覺得臺灣終究沒辦法和香港人相提並論。香港曾經是華人世界最繁華的東方明珠，當代最好的餐廳，不管中西美食，香港人都得天獨厚的早於別的地方享受到。

而香港作家中最懂得吃的，大概就數董橋。

董橋原名董存爵，祖籍福建晉江，一九四二年生於印尼，十七歲回臺灣升學，一九六四年臺南成功大學外國語文學系畢業。一九六五年定居香港從事翻譯工作，在報章副刊連載翻譯小說。一九七九年出任《明報月刊》總編輯兼查良鏞先生書牘助理，七年後轉任香港中文大學出版組主任，再應查先生之聘出任《明報》總編輯，歷時七年。

董橋主編明報、明報月刊，加上自己本身就是極出色的散文家，影響非常大。香港是當時最自由、沒有政治負擔、禁忌和風險的地區，任何對兩岸政治尖銳批評、深刻思考的文章，都可以在香港發表，董橋因此差不多認識所有當時最重要的華人作家、學者、政治評論家，來來去去的客人數不勝數，自然會有很多的宴請與飯局，香港作為商業發達的自由港口，各國高級飯店、餐廳多得不得了，自然而然可以嘗遍天下美食。

董橋編報、編雜誌是高手，也是一流的散文家，書畫鑑賞家、收藏極為豐富，他談起書畫、文壇的典故又多又深刻，更充滿了舊時明月的品味與風流，絕對是華人第一高手，他和臺灣、大陸的老一輩書畫家的關係都在師友之間，來往極為頻繁深刻。我幾次去香港，必然要去打擾，看他的收藏、聽他講故事，那絕對是享受中的享受。

董橋和江老師也是極熟的朋友，江老師晚年送他的書畫，都是我經手處理，自然多了和董橋碰面、請教的機會，也見識到了他的飲食講究。

有一年，奉江老師之命和李義弘師兄到大陸聯絡事情，路過香港，董橋特地安排了道地的上海菜請我們，回臺灣後李義弘向江老師報告經過，特別強調了董橋請我們吃飯的事。江老師後來寫了封極為幽默的信給董橋，董橋因而把整件事情寫成〈我們吃館子去〉：「有一年，臺灣畫家李義弘、侯吉諒一眾饞客過港，我帶他們去補一補身子，回到臺北竟向老師江兆申繪聲繪影，江公馬上來信細訴衷情：飛來鼇之佳……」由於是親身經歷，對董橋筆下活靈活現的功力，有了旁人難以理解的體會。

吃飯有學問

古人說：富過三代，才懂穿衣吃飯。

美衣、美食人人會享受，有錢就辦得到，但並不表示有錢了就懂得穿衣吃飯。

才懂穿衣吃飯的意思是，要累積一定的物質講究經驗，而且要經過老一輩的口耳相傳、以身作則之後，才會了解穿衣吃飯這些看似平常的生活小事，要講究品味不是那麼簡單，其中更有許多待人處世的學問。

網路曾經流傳一篇文章，談從李嘉誠請客吃飯看做人做事的大學問，說了李嘉誠請客吃飯的過程，充分表現出了李嘉誠個人的修養。

主人請客吃飯這麼講究，那麼要如何才能成為一個得體的客人呢？

一、吃飯不可準時

年輕的時候有很多機會和各行各業的長者吃飯，他們大都事業有成、學養不凡、見多識廣，出席他們的飯局，不僅可以享受美食，也能學到許多課本上沒說的規矩。

和長者吃飯，學到的第一件事就是不可準時，一定要早到。

第一次和老先生吃飯，我準時到，幾位老先生已經坐在那裡了；第二次，提早十分鐘，老先生還是已經來了；第三次，乾脆提早半小時，總算比老先生早一步。

從此之後，和老先生吃飯一定提早四十分鐘到。

提早到，才可以在上菜之前聊一聊，長輩找吃飯，通常都會有一點什麼事，也許只是幾句話就說完了，現代人可能會覺得為什麼不電話說一下或LINE一下就好？這就是見面吃飯的學問，看似尋常甚至漫不經心，卻真正用心。如果沒先到，其他客人來了以後可能就沒有機會談，上菜之後更不可能當眾交代事情，即使只是聊天，也得趁這個時候，如果人多，那就更說不上話了。晚到的結果，很容易變成只是純去吃飯，這樣其實很不禮貌。

現在許多餐廳常常規定用餐時間，這種餐廳只能適合一般聚餐，不適合請客吃飯。

二、要注意自己的位置

如果是正式請客，一般主人都會安排好客人位置，誰主客誰陪同，坐次如何安排，都是有學問有深意的。

一九八〇年代，一些老先生請吃飯，更要先送請帖。有幾次陪侍江兆申老師赴宴，主人也會送帖子給我，可見其慎重。

江老師自己印有請客專用的帖子，有江老師寫的一首很美的詩，有詳細的地址、地圖和電話，這樣的請帖，放到現在都可以拿去拍賣了。

以前的大飯店都印有精美的帖子讓客人使用，現在幾乎很少收到請客的帖子，可能飯店也沒有這項服務了。

比較重要的宴會一定是安排席次的，坐在什麼位置是非常有講究的。雖然說這種講究有時失之瑣碎，但就其功用來說，卻極其必要，一定不能馬虎。

坐在什麼位置，席面上要做什麼、說什麼，其實都有不說出來的安排。如果是晚輩被叫吃飯，卻一點規矩都沒有，只傻傻的就是埋頭吃飯喝酒，別想下次還有人找你。

三、吃飯不只是吃飯

別人請客吃飯，作客人的要有禮數和分寸。

首先一定要準備禮物送主人，如果可以，最好每位客人都準備，東西不一定要貴重，但要精緻、好拿易帶。

比較簡單的方法，就是準備一份禮物送主人，再帶一瓶好酒請大家喝。當然酒是一定要好酒，不是好東西千萬別拿出來。

帶一點特殊的水果和食物請大家品嘗也是好方法，但要事先跟主人報備，並請服務生幫忙處理，給服務生一點小費最好，沒有也要送上一個真誠的感謝。

如果不是主客，那麼別人找你吃飯就要特別注意為什麼要找你。找一起吃飯的客人都是很有講究的，不是隨便找的，如果表現不得體，以後不會找你了。

吃飯是要應酬、增進情誼的，所以不能只吃飯，要知道向主人和每一位賓客敬酒，要說話聊天，要有說笑助興，但不能喧譁搶了主人或長輩的談興，更不可以只是埋頭吃飯，誰都不理。

飯局上的一言一行很重要，也更能判斷一個人的修養和品格。

四、敬酒的禮數

吃飯的時候，晚輩要懂得照顧左右，要會幫忙長輩挾菜、倒酒、換盤子，男生要幫女生服務，女生也要適時的照顧左右席面的酒菜。

女生不宜幫男生倒酒，主人和長輩除外。

敬酒就是要敬酒，不能以茶代酒。酒量可以斟酌自己控制，但不能完全滴酒不沾。

很多人不太喝酒，所以敬酒的時候會說以茶代酒，這其實是非常沒有禮貌的事。以茶代酒只有長輩可以這樣說這樣做，晚輩是萬萬不能的。

敬酒要先敬主人，後敬長輩，然後依席次而敬。敬酒的時候也特別注意被敬者是不是正在吃東西或挾菜，要避開這種時候。

敬酒要特別注意不能強迫別人喝酒，尤其是不能對女生灌酒。

以前碰過一個例子：一位朋友的學生來敬酒的時候，發現他為自己準備了一種酒，別的酒都不喝，也不給別人倒酒，即使這個學生喝酒很豪邁，但他的舉動卻把老師的臉都丟盡了，而對學生的舉動沒有糾正，也讓人對這個老師打了問號。學生不懂事，就是給老師丟臉。

晚輩敬酒通常要先乾為敬，不能意思意思、不乾不脆或應付了事，一個人做事的態度和你對敬酒對象的態度就是在這裡看出來的，如果沒有酒量，那就得多練習，或者杯子換小一點的。

五、不能醉到失控

吃飯很容易高興的多喝兩杯，有時難免會超過自己的酒量，喝多、喝醉都沒關係，但最重要的就是不能當場失控。

喝醉也有喝醉的學問，發現自己醉了，要悄悄離席，不能言行失控，甚至當場嘔吐，那是當客人最失禮的地方。如果覺得自己不勝酒力，可以直言、少喝，如果長輩或主人執意要你喝，最好勉強接受，不過合格的主人通常不會這樣做，女生尤其要特別注意是不是在安全的場合。

六、吃飯不能早退

和長輩吃飯，一大忌諱是早退，除非事先先請示過，但老先生表示同意通常也只是客氣，不代表真的可以早退，或者對你早退沒意見。

吃飯早退是非常沒有禮貌的事，除非有重大而緊急的理由，不然千萬不能早退，因為吃完飯後如何送客，也是很重要的安排。早退不只掃興，也表示不懂禮數，主人都還沒走，客人走什麼？更何況是晚輩？

吃完飯最忌諱的就是拍拍屁股走路，晚輩一定要等長輩走了，或全上車了，才可以安排自己。

飯局不是聚餐，聚餐是親朋好友聚會，可以輕鬆一點，飯局就是非常重要的場合，即使同事、朋友、師生吃飯，都要分清楚是聚餐還是飯局，如果是飯局，就要有規矩、懂禮數。

吃飯最怕是純粹應酬的心態，或者不好意思拒絕才來，結果不是遲到就是早退，席間悶不吭聲、誰都不理，這樣的人、這樣的心態都很糟糕，以我的經驗，可以下結論，這樣的人必然不會成功。

劉國瑞收藏的徐悲鴻〈二牛圖〉

近現代畫家大都以山水、花卉為主題，能畫動物的不多，徐悲鴻的馬大概是最有名的。

徐悲鴻在一九一九年到巴黎學習西畫，一九二七年回國後，擔任南國藝術學院美術系主任，一九二八年擔任南京中央大學藝術系主任、一九二九年又因蔡元培推薦，兼任北平藝術學院院長，他大力推廣歐美繪畫中的寫實觀念和技法，帶動了油畫的風潮，影響極大，也促使中國傳統寫意繪畫發生變革。

現在臺灣的繪畫界，中西繪畫壁壘分明，畫家們極少交流，西畫更如「橫的移植」一般，硬生生把歐美的繪畫觀念、技法移植臺灣，畫家們或許也多方致力本土題材的表現與開發，但畢竟與現實生活有一段很大的距離，其中最主要的原因，很可能是畫家在畫作之外，比較少相關的論述或文字表達。

國畫和西畫最大的差別，不在使用的材料、技術，甚至也不在根本的繪畫觀念，而在於國畫有「落款」。

西畫只有畫家的簽名，而國畫畫家的落款通常是一首詩、或一段和畫有關的文字，表現了詩書畫合一的高妙境界，而更特殊的地方，在於國畫可能非畫家本人的落款，這些落款或牽涉考證、收藏、朋友之間的情誼、繪畫的典故等等，交織成一個極為複雜的畫外世界，除了增加繪畫本身的價值，也增添了許多人文的故事。

收藏在臺灣的這件徐悲鴻〈二牛圖〉，就是最好說明。

徐悲鴻去歐洲學習的雖然是西畫，但那一代的畫家大都擅長傳統的筆畫功夫，徐悲鴻後來以風格強烈的寫實油畫著名於世，但他的書法、傳統繪畫作品亦留下不少名作。

徐悲鴻回國後雖然大力推動油畫創作，但他和傳統書畫界人士結交廣

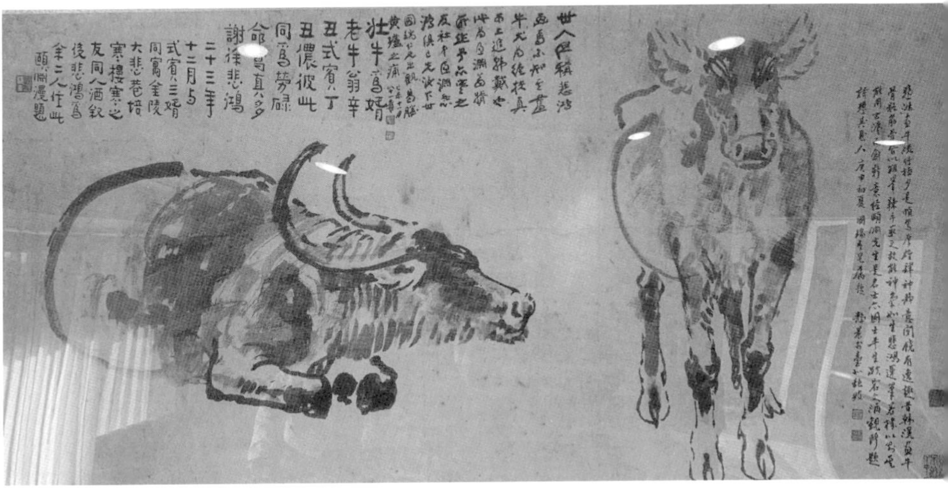

徐悲鴻〈二牛圖〉

泛且來往頻繁，他幫齊白石出過畫冊、幫助吳作人留學歐洲，極力提攜傅抱石，他在傅抱石的名作上落款，傅抱石立刻成為當時畫壇備受矚目的畫家，也奠定了傅抱石後來的大師地位。

作為當時最重要的繪畫改革者，徐悲鴻和許多文人、作家、書畫家的來往也非常深入。

一九二八年春，徐悲鴻經畫家姚心齋介紹，一起去拜訪了年長他十八歲的經亨頤，當時經亨頤正在家中畫畫，於是邀請徐悲鴻一起畫畫。徐悲鴻以大寫意畫了母雞，經亨頤補上竹枝，而成〈竹枝母雞圖〉，徐悲鴻在落款中說：「戊辰春日，偕心齋兄謁子淵先生，方興致淋漓揮寫書畫，即假紙筆寫此，子淵先生並為補竹成此幅。」正是文人畫家落款極佳的範例，說明了一張畫的來龍去脈，也記錄了當時書畫交流的情景。

經亨頤（一八七七年─一九三八年），字子淵，號石禪，晚號頤淵，浙江上虞人。教育家，書畫家。光緒二十八年（一九〇二年）留學日本。回國參加籌建浙江官立兩級師範學堂，辛亥革命後任校長，並兼任浙江省教育會會長。五四運動時期，鼓勵支持、宣導新文化運動，大膽改革教育。後因遭守舊勢力排擠而離職。一九二五年參加國民革命，曾任國民政府常委、教育行政委員會委員、中山大學副校長。

徐悲鴻、經亨頤的交往從這張畫開始，兩人友誼日深，不僅時有往還，也經常合作書畫，或以書畫相贈。

〈二牛圖〉即是徐悲鴻應經亨頤之邀畫的作品，此畫的創作因緣，經亨頤在〈二牛圖〉的落款記錄得非常清楚：「壯牛為婿老牛翁，辛丑式賓丁丑儂，彼此同為勞碌命，寫真多謝徐悲鴻。二十三年十二月，與式賓三婿同寓金陵大悲巷培寒樓，寒之友同人酒敘後，悲鴻為余二人作此，頤淵漫題。」原來經亨頤和他的三女婿式賓都屬牛，於是請徐悲鴻為他們兩人畫〈二牛圖〉。

〈二牛圖〉後來輾轉來臺，被劉國瑞先生收藏。劉國瑞是知名的出版界大老，早年創立學生書局、書目季刊、純文學月刊，一九七四年創立聯經出版公司，在臺灣出版界服務之久、貢獻之大，恐怕無人能出其右。

劉國瑞他們那一代的出版人，最大的特色是交友廣闊，許多學者、文人、書畫家都是他的好朋友，張大千、臺靜農這些中國現代書畫傳奇人物，都和劉國瑞時有往來。

〈二牛圖〉既是名家手筆，又有落款典故，再加上張大千、臺靜農都是和徐悲鴻、經亨頤同時代的人物，自然要請他們落款題跋，以增加雅趣。

民國六十八年，劉國瑞拿〈二牛圖〉請張大千鑑定真偽，張大千看過，不但肯定為真跡，並在畫上落款：「世人但稱悲鴻畫馬，不知其畫牛尤其絕技，直可上追韓戴也。此為頤淵翁婿所作，予亦寒之友社，今頤淵悲鴻俱已先後下世，國瑞仁兄出觀，曷勝黃壚之痛。已未十一月，八十一叟。」

韓戴是指韓滉、戴嵩，是唐代的畫牛名家，以古托今，推崇徐悲鴻的畫藝精湛。

六十九年，劉國瑞再請臺靜農先生題款，臺靜農先生也提到這點：「悲鴻畫牛，流傳極少，是幀篤厚雄肆、神靜意閒，饒有逸趣，昔韓滉畫牛，骨骼筋骨皆以辣手取之，故能神氣如生。悲鴻運筆若椽，以知其能用而創新意，經頤淵先生是名士亦是國士，生平跌宕文酒，觀所題詩，想見其人。庚申初夏、國瑞吾兄屬題，靜農於臺北龍坡。」

老一輩的書畫家不但滿腹經綸，而且交友廣闊，常常有一肚子的典故可以說，臺靜農純從畫藝論述，並略及經亨頤其人其事的評價，也是讓人了解這件〈二牛圖〉的精彩所在，絕非尋常的應酬畫。

而張大千的落款中透露的，則除了他與經亨頤、徐悲鴻都是老朋友，也提到自己是「寒之友社」同人。

「寒之友社」是一個沒有組織的書畫同好社團，發起人正是經亨頤。經亨頤在一九二六年當選國民黨中央執行委員後，即移居南京，公務之餘，常與書畫同好陳樹人、何香凝、王祺等聚會，於是成立「寒之友社」，時常參加聚會的知名書畫家，有黃賓虹、張大千、方介堪、鄭曼青、潘天壽等等。

雖然沒有正式的組織，但經亨頤對「寒之友社」卻極為用心經營，一九三七年他變賣了太太的首飾，多方聚資，總共兩萬多元（在當時絕對是天文數字），準備在已經選好地址的西湖東山上蓋一座供「寒之友社」社友遊憩的會所。但建屋工程未半，「八一三」事件爆發，計畫因而停止，經亨頤也於一九三八年於上海過世，臨終仍囑咐畫友李祖韓要完成建社計畫；抗戰勝利後「寒之友社」同人應李祖韓號召，捐畫聚資重建，但不久內戰爆發，計畫二度受挫，從此「寒之友社」同人星散各地，「寒之友社」逐漸被人遺忘。

張大千在落款中除了提到「寒之友社」，據劉國瑞先生說，張大千還透露了一個當時算是政治大忌諱的大祕密。

據說看畫的時候，劉國瑞向張大千請教經亨頤在〈二牛圖〉落款中的「式賓三婿」究竟何許人也。

張大千說，「你真不知道、假不知道？」

劉國瑞說，「真不知道。」

來來回回問了半天，張大千才透露，「式賓三婿」就是廖承志。

難怪要這麼神祕。

廖承志何許人也？廖承志是廖仲愷、何香凝的兒子，廖仲愷是國民黨革命元勳，何香凝也是國民黨重要幹部。廖承志起先也是國民黨員，後來加入共產黨，並在一九四五年六月時，在中國共產黨第七次全國代表大會上被選為中國共產黨中央委員會候補委員。之後全面負責和領導新華社和中共機關刊物《解放日報》。一九四九年選為中共中央委員。中華人民共和國成立後，任中央人民政府華僑事務委員會副主任委員，負責海外統戰。一九五二年任中共中央統戰部主任。

民國六十八年張大千為劉國瑞題〈二牛圖〉的時候，正是廖承志這個名字在臺灣最敏感的時候，因為一九七九年中共與美國建交，暫緩武力統一臺灣的訴求；改為希望國共能夠展開和談，而當時主管統戰事務的，正是廖承志。

或許是這個原因，所以張大千記憶中的「式賓三婿」，就是廖承志，因為廖承志的確是經亨頤的女婿。

事實上「式賓三婿」並非廖承志，而是陳式賓，陳式賓娶的是經亨頤的三女兒，廖承志娶的是經亨頤的幼女經普椿，他們一九三八年才在香港結婚，而〈二牛圖〉畫於一九三四年，顯然是張大千誤記了。

大千先生一時誤記人事，真相倒也不難查明，最讓人回味無窮的，是〈二牛圖〉這樣一件作品，除了讓我們重新認識徐悲鴻的繪畫藝術之外，竟然還可以引領出這麼多的民國人物的風流舊事，並且和大時代的動盪糾葛難分，這種繪畫落款中可以包含的意義，就絕非是單純繪畫的視覺、藝術效果可以相提並論了。

可惜的是，現在的畫家逐漸遠離文字，能夠在繪畫作品上題點文字的人是越來越少了。以〈二牛圖〉為例，畫家們如果可以重拾文字，加強落款的能力，對自己作品的流傳，必然會有很大的助益。

雅俗齊白石

近十多年來中國大陸書畫市場熱絡，拍賣價格屢屢創紀錄，其中又以齊白石最為紅火。

一九八〇、九〇年代臺灣有不少畫廊收藏、展示、販售齊白石作品，價格不高，四尺對開的條幅只幾萬臺幣，許多朋友都收藏了齊白石作品，但我卻沒有興趣，真正是和財神擦身而過。

一九九三年我和師兄李義弘、收藏家李充志到北京為江兆申老師安排畫展的事，經朋友介紹去了齊白石故居。白石老人的孫子親自接待，拿出來不少齊白石的作品展示，當然也有要販賣的意思，我還是沒動心，不過這次是和冒牌的財神過招。

齊白石是近現代的書畫傳奇人物，他出生河南鄉下農民家庭，八歲時在公公所開設之蒙館學習，半年後輟學，輟學後，協助家中務農，因為務農不足餬口，十四歲起做木匠，學習雕花木工。後來兼習繪畫，並拜蕭薌陔為師。二十五歲時起拜名士胡沁園、陳少蕃等為師，由胡沁園替之取名為璜，號瀕生，因家中靠近白石鋪，故取別號白石山人。學習詩、書、畫、篆刻。並開始兼以賣畫為生，不再以雕花木工賺錢。

三十二歲時起對刻印產生濃厚興趣，開始向名家學習刻印。三十五歲時拜學者王湘綺為師。

一九一七年起決定於北京發展，以賣畫刻印為生。

一直到一九二二年前，齊白石的經歷可以說是一個常民藝師的養成過程，到北京後結識了陳師曾（陳寅恪之兄），陳師曾曾對胡佩衡說齊白石的作品「思想新奇，不是一般畫家能畫得出來的……我們應該特別幫助這位鄉下老農，為他的繪畫宣傳」。一九二二年，陳師曾攜齊白石的畫作前往日本，在東京的中日聯合繪畫展覽會上展出，使得齊白石在日本名噪一時，畫價亦暴增。齊白石從此才進入書畫名家之列，之後三十年一帆風順，漸為大名家。

作為一個書畫篆刻家，和其他有文人背景的名家不同的地方，在於齊白石特別擅長市場操作，也不忌諱作品的雅俗問題，所以他的書畫印章在清朝復古風格籠罩的時代，他的繪畫題材極為貼近常民生活，魚蝦蟲蟹、掃帚畚箕、磅秤算盤，統統都可以入畫，並轉換概念、賦予意義，因而特別有一種新奇的感覺，這就是陳師曾所謂的「不是一般畫家能畫得出來的」。

但認真說來，齊白石的繪畫雖然拓展了題材，但大都只是一些生活小趣味，讓人看了覺得有趣，與「高明的藝術」恐怕還有一段很大的距離。總的來說，齊白石的繪畫、書法，大抵就是題材百無禁忌、技法簡單、題詩寄寓，要說他的書畫作品中寄託了多少高明深奧的東西，恐怕是沒有的。

其實齊白石的作品本來就是市井小民式的趣味，他不能、也不會在他的畫裡面展現多麼高明、複雜的技術，他賣畫的方式也頗能貼近庶民消費模式，不但看畫面大小，也看畫了多少內容，魚蝦論隻算，桃子是算個的，和市場上買肉、買菜差不多。

諸如此類的行為在他之前的書畫家是不可想像的，但齊白石本來就是市井賣藝為生的畫匠，這樣的題材和賣畫方式也和他的整個人生經歷息息相關，所不同的是，他成名之後外界給予太多的解讀和定位，加上他長壽、生活軼事、趣事多，慢慢也就成為傳奇人物了。

二〇〇二、〇三年中國藝術市場開始火熱之後，一輩子創作了大量作品的齊白石自然成為重點炒作對象，市場的炒作因而再墊高了齊白石的「藝術大師地位」。

妙的是，齊白石的小氣、俗氣、愛錢、斤斤計較、好色種種言行，都成為人們喜歡他的原因之一。

林風眠創辦北京藝術專門學校，邀請齊白石教授中國畫，齊白石答應了，但計算來往車費開支和授課收入後發現划不來，所以上課要給學生臨摹的畫稿一律不簽名。據說有三個女學生拿到畫稿以後相約到齊白石家中請教，女學生撒嬌賣萌，白石老人一高興，就把不簽名的事給忘了。凡此種種俗氣、村氣、小氣，在藝術炒作中，都成為白石老人性情直率的故事，似乎也因此更令很多人覺得齊白石的可愛可親，不是那種高高在上、不可一世、難以親近的「藝術家」。

齊白石也的確是有鄉下老人的那種真性情，他晚年最讓人發噱的事之一，就是在門口寫了一張字條「凡我門客，喜尋師母請安問好者，請莫再來。」

沒事老找師母幹麼？因為師母年輕漂亮、好說話，找老人事事按規矩來，買畫得當場銀貨兩訖，還從來不打折，找師母好商量哇。

當年魚蝦論隻賣的齊白石大概不會想到有一天他的畫可以賣到上億人民幣，然而根據統計，中國拍賣市場上登記在案的齊白石作品高達二十六萬件，然而齊白石再怎麼批量生產，一輩子也沒有超過八萬件作品。偽作的橫行，是齊白石親身經歷的，所以他刻了一方印章，「吾畫遍行天下偽造居多」，可見齊白石假畫之多，但這樣的印文，也很有反向宣傳的效果，如果不是好東西，誰來作假畫賣呢？號稱「吾畫遍行天下偽造居多」，那是極高明的自我宣傳了。

去齊白石家的時候，他的孫子給我們看了齊白石留下的印章、印泥、紙張、毛筆、硯臺、顏料，所有繪畫的材料統統都是真的，但拿出來的一大堆畫，全部都是假的。

齊白石假畫遍行天下，內行人不是不清楚，只是暴利當前，誰也不願意揭穿。

收藏書畫，最好不要存占便宜、炒作和發財的心理，因為個人收藏是小打小鬧，中國大陸數千家拍賣公司那是系統化作業，怎麼可能在這樣的規模裡撿到好處？

寫詩、讀詩、詩論

二〇一九年底，在某些文藝場合有人介紹我時說「侯吉諒，曾經也是詩人」，讓人非常的不滿意。

因為我「一直都有」寫詩，光是今年發表在《聯合報》的，就有三首我自己很喜歡的〈〈蘭亭序〉的春天〉、〈蘇東坡〈寒食帖〉〉、〈黃山谷〈花氣薰人帖〉〉，大概是紙媒體現在已經很少有人看了，所以發表了以後也沒什麼反應。

大概沒看到我的新作，所以才介紹說我「曾經也是詩人」吧。

其實寫詩對我來說真的就如同吃飯睡覺那樣，早就是生活的一部分了。

除了新詩，二〇〇二年之後我開始寫古典詩詞，累積下來，至少已經三百多首。古典詩沒有發表的地方，有時就是寫了書法放在臉書，如此而已。

寫了作品沒地方發表、發表了沒人注意，不覺得寂寞嗎？

在臺灣，文藝環境太差，所以最好不要對創作心存名利的幻想，寫作是為自己而寫，有沒有人讀，不能強求，有沒有人評論，更難期待。

創作不能期待有掌聲，不期待掌聲就不會覺得被冷落，沒被注意也不會覺得憤恨不平。

很多事情和時代氣氛息息相關，絲毫不能勉強。我大量寫詩的時候（一九八〇年代），剛好趕上臺灣文藝黃金時代的浪潮尾端，也算受益良多，至少得了好多個受到注意、讓人羨慕、引發嫉妒的詩人獎項，頗有成就感，但也就是這樣而已了，不像我們學習的那些前輩詩人，是看著自己走進文學史的。

我二、三十歲的時候大量寫詩，但也就是那時就知道，現代詩人備受矚目的時代已經過去了，甚至明白，寫得再好也不可能得到前輩詩人們獲得的那種重視和注意。雖然那樣的備受矚目多少是他們自己製造出來的，但這也證明他們有足夠的熱情，之後寫詩的人，至少就我所知，就缺少了前輩詩人那樣的熱情，從年輕到年老，剛好是新詩成長茁壯最快速的時候，也是因為他們集體的熱情，才激發出那樣的寫作氣氛，他們不斷聚在一起談詩、論詩，彼此評論、攻擊和互捧，不管好意惡意，都是一種熱情。

前輩詩人商禽一九八六年去美國加州柏克萊大學，訪問了當時最重要中國詩學者陳世驤，問了陳世驤對臺灣現代詩的看法，陳世驤的回答是，他的研究以古典詩為主，對現代詩不熟悉。我以為的言外之意是，現代詩還很年輕，不急著有看法、下評論，甚至下結論。

確實也是如此。一九六〇年代，當年大部分的詩人創作不過一、二十年，卻已經出版了「臺灣當代十大詩人選」這樣的書籍，一九七〇、八〇年代我初學寫詩時，是以崇敬而看不懂的眼光「研讀」這些作品的，等到自己累積了十年寫作功力，有一點創作、欣賞能力了，也就明白了這種詩選的功能。

不能說我沒有創作上的企圖或想望，畢竟當時得了那麼多詩獎，也受到了足夠的重視，但我也明白，新詩備受矚目的時代一去不返了。

當時已經如此，更何況二〇一九年的現在。我兩個女兒都跟我學寫書法，卻未必讀我的詩。只有在她們初高中考試時考到我的新詩，才會問我寫的到底是什麼意思，之後好像沒再問過，我想，那就是沒有再讀過了。

現在這個時代，除了寫詩的人，還有誰讀詩呢？搞不好大部分寫詩的人也不讀詩了，甚至可能連報紙的文藝副刊都不看了，要不然，怎麼會介紹我時說「曾經也是」詩人呢？所以我說詩的時代已經過去了。

二〇一八年大陸有一部很紅的連續劇《人民的名義》，最讓我感動的，不是主角們反貪的努力和勇氣，而是戲裡面竟然有人讀現代詩，幾位主角還去參加了讀書會，這可是臺灣的連續劇從來沒出現過的內容。

大陸曾經很風靡詩歌朗誦，許多和我同輩的詩人以此成名，並擁有不少瘋狂崇拜的粉絲。我也參加了幾次有朗誦我的詩作的晚會，詩歌朗誦顯然是許多學校（從初中到大學）的重要活動，因此一直很羨慕大陸的詩人們有這樣的熱情和被重視。

二〇一九年九月，大陸作家朋友來臺灣，說大陸現在詩歌朗誦也不行了。好像社會繁華富裕了以後，詩帶來的心靈感動、精神滿足都被很多東西取代了。

爾雅出版社創辦人隱地先生說，以前學校老師帶學生去參觀爾雅，每位學生多少買一點書，後來漸漸不買了。為什麼，因為現在小孩子的錢都拿去買珍珠奶茶和手搖飲料了，每天一杯，零用錢就花光了，就沒有錢買書了。

臺灣對現代詩的熱情在我們這一代（一九五〇年代出生）算是達到高峰了，所以在我們前面的那些詩人們都被重視到了，但我們（以及更晚的）後面似乎就沒有得到多少掌聲了。因為前輩詩人們「典範在前」，而且一直占據被評論的焦點，後來的詩人們再重要，也就是偶爾被提到而已，在這樣的情形下想要再維持現代詩的熱潮就完全不可能了。

簡單說吧，余光中、洛夫他們後面有我們這些還算認真、有點名氣的詩人在效法與學習他們，也因此不斷加高他們的文學地位，我們後面，卻沒有人會把我們當文學偶像值得效法與學習。余光中、洛夫之後的詩人，寫得再久，都是「年輕一代」。可別忘了，余光中他們那一代，都是二十歲左右就成名並「奠定」了詩壇地位的。

再加上，坦白說，文壇難免有「文人相輕」的現象，在編詩選、詩論時「故意看不到」某些人的成就也就毫不奇怪了。長此下來，多少也讓人對詩壇的茶水裡的風波敬而遠之，冷漠顯然是會傳染的，前輩詩人們熱衷編輯詩刊，大家出錢出力幾十年，後來的詩人們顯然沒有了這樣的熱情。

「占地為王」的詩論看多了，就明白許多詩論、詩選不能當真也不太重要，從很早的時候我就不在乎這些東西，因為在乎也沒有幫助。因此我後來的態度是，寫自己想寫的，不管別人怎麼看怎麼想。

但我知道很多人是很在乎的，甚至年度詩選誰沒選誰，都會有一堆意見與牢騷，我倒是真心覺得，選誰沒選誰並不重要，重要的是有沒有寫出好的作品。

在一九九五年網際網路「統一天下」之後，以前以紙本出版為流傳主要形式的狀態改變了，在書店行銷數據電腦化後，紙本書的生命週期變短，文學書更在時代的潮流下嚴重萎縮（許多書都只印一千本），許多書出版了和沒有出版其實沒有什麼兩樣，反而是網路上的資料可以永遠存在，至少在現在網路系統全面崩潰之前，把作品放到網路還是比較可以保存和流傳的。

所以，鄭慧如《臺灣現代詩史》（聯經）的出版勢必引起相當議論，例如有人說，光看書中列出的詩人名錄就不值得一讀，其實，倒也不必這樣偏激，這並不是因為我是被評論到的詩人之一，而是覺得評論要怎麼寫是作者的權利，就如同每人的詩觀、詩作一樣，其實也都是一種選擇，如此而已。

一九九六年時廈門大學朱雙一教授就寫過《彼岸的繆斯——臺灣詩歌論》，也就等於是臺灣現代詩史了，那本書的最後一章是我和許悔之，但二十年過去，已經有更多更年輕的詩人應該錄入這樣的「臺灣詩史」當中，所以，被鄭慧如評論到的詩人可以高興不必得意，因為也許哪天就被更傑出的作者取代了，而沒有被評論到的人可以不同意但不必生氣，也許哪天詩的觀點變了，可能就變重要了。

陶淵明現在的地位崇高，但其實從他生活的年代到蘇東坡大力推崇為止的六、七百年間，並沒有什麼人覺得陶淵明有什麼厲害的地方。然而陶淵明至今名字閃亮，倒是當年許多當紅作者，連文學史都不會提到了。

當然了，寂寞身後名，不如生前一杯酒，活著的時候被人重視總是好事，「別人」不重視，找些自己認識的同好來互相評論互相吹捧一下，應該也可以達到這個目的。還別說，很多詩人一輩子都是這樣做的，古人如此，現代人也一樣，話說回來，連自己都不捧，誰來捧你呢？

文學藝術的黃金時代

一位對文學藝術很有熱情的年輕朋友來訪問，對臺灣的文學藝術環境充滿熱情、期待和失落，並且對一九七五至一九八五年的臺灣文壇充滿了嚮往。

和二〇一五年的現在比較起來，一九七〇、八〇年代的臺灣似乎的確可以稱之為文藝的黃金年代。說的確，是因為當時的文藝氣氛的確很熱絡，特定年輕人對文藝活動有一定的熱情；說似乎，是我並不確定，當時的臺灣，在戒嚴、解嚴的時代，文藝的重要性、影響力，是不是被後來的回憶誇大了。而大部分年輕人對文學藝術的熱情，似乎也沒有那麼普遍。

上大學之前，想像中的大學生活是鹿橋小說《未央歌》描繪的那樣，不管什麼科系的同學對文學、藝術、哲學都有濃厚的興趣，但到了學校以後，卻發現遠遠不是那樣。只有很少數的人對音樂、美術有興趣，文學基本上沒有多少人有接觸，很多人甚至不知道余光中、白先勇是誰。聽我的介紹之後借了書看，也紛紛表示看不懂、沒興趣。

那時候我剛剛開始寫作，企盼有同好可以討論切磋，但卻找不到人可以交流，連當時的校刊社也淪落到沒人可以主編的狀態。

我是念食品科學系的，因而寄望文學院可以找到能夠談文學藝術的朋友，當時卻不了解，文學只占文學院極小部分的教學課程，和創作更是沒有什麼關係。

當時憑著一股熱情，寫信給余光中、洛夫等我所景仰的文壇前輩，這些前輩們對我這樣的文學新鮮人很熱情，有信必回，因而維繫了我創作的一絲命脈。

現代人大概都會問，寫詩有什麼用？對我來說，創作本身就是一種無限的滿足，可以把自己的想法、感受寫出來，本身就是很大的成就，後來那些不成熟的作品在學校裡的刊物發表，多少也有一些虛榮感。

最重要的是，因為寫作，所以我從大二就開始思考，到底要當一個科學家，還是創作者。思考這個問題的時候，我根本忘了當初填志願的時候，完全是因為「民以食為天」，認定念食品不會找不到工作，將來的生活有保障，當時卻沒有想到，我這一輩子會連一天都沒做過和食品科學相關的工作。

在民國六十年代末期，我們對工作覺醒得比較早，許多同學家境不好，要半工半讀才能念大學，我自己也兼了家教才有多餘費用學書法。大家很留意各種就業資訊，要出國留學、轉系的同學，都是大二就已經下了人生最重要的決定。

大四的時候，要繼續念研究所的人大都已經準備好了，我則是還在漫無目的的尋找，什麼工作可以和文學創作發生關係。

大三時，中文系要演出一年一度的中文系之夜，他們結合了音樂、戲劇的重頭戲「詩戲」，卻沒有劇本。中文系的老師叫學生來找我，為他們的演出寫劇本，當時完全搞不清楚戲劇是怎麼回事的我，居然以二個星期的時間就寫了三百行的長詩，更重要的是，中文系老師出的這個作業，在畢業那年獲得了第五屆的時報文學獎，讓我覺得自己好像的確有文學方面的才華，可以往這方面努力。

其實當時我也不明白，寫作有什麼出路。然而憑著時報文學獎得主的資歷，讓我可以不必經過考試就進入競爭激烈的中國時報和聯合報工作，明確了我的人生方向。

一直到了進入報社，我才算是對臺灣當時的文學藝術創作環境有了粗淺的概念，同時極盡可能認識我所能接觸的文學藝術及其工作者。

然而偶然回想，不免還是要出一身冷汗。因為文學藝術在臺灣實在是沒有什麼特別的出路，沒有絕對的熱情，以及固定的工作、穩定的收入，不可能繼續創作下去。事實也是如此，當時認識的許多創作的朋友，紛紛在三、五年內放棄文藝的追求，因為工作不容易、生活是困難的，文化環境更是貧乏，創作發表不容易，出版更困難，一切都沒有想像中簡單。

臺灣現在有數十種文學獎，政府的文化單位也提供了一定金額的文藝獎項和贊助，許多被閒置多年的空間慢慢整理成文化活動的理想場域，這些都是我們年輕時所期待和羨慕的；但這些表面上蓬勃發展的文化環境，為什麼反而讓人覺得臺灣的文化沒有人關心？因為年輕人的文學熱情不在，他們的文學熱情無處發揮、且沒有人重視。

我沒有辦法提供答案。但我的經驗是，文化藝術在臺灣社會從來都是被忽略的，即使有一點點的光芒，也一直照射在極少數人身上；大眾不在乎、不關心文化藝術，是因為他們從來不明白文化藝術有什麼重要。

文化和任何產品一樣，都有「市場機制」，沒有人消費、參與的產品終究會被淘汰，文化藝術也是如此。多年來，我一直強調臺灣的文化要多培養大眾欣賞的能力，而不是一直辦各種看似熱鬧，卻始終只有少數人參加的文學獎。寫詩的人如果都不讀詩，如何期待你寫的詩會有人看？

臺灣政府提倡的文化創意產業從頭到尾都是給特定商人開方便之門的大騙局，對這樣的文化環境有任何不滿，都是浪費情緒、時間和生命。

從事文學藝術的創作，要有企圖心，如此才會投注一定的心力，並長期不輟，這樣才可能會有成就，但同時又不能對文學藝術有名利的目標，因為那很困難。不只在臺灣如此，即使在歐美重視文學藝術的國度，藝術家也都不容易生存，更難只是為了興趣而創作。

對所有喜歡文學藝術的人而言，文學藝術可以成為生活的一部分，就已經是很大的幸福。當一般人在工作之餘只能無聊的看電視，當生活中的幸福只剩下觀光旅行和美食，文學藝術可以豐富我們的精神生活，帶來無窮盡的喜悅與快樂，這樣也就足夠了。如此不管外面的環境如何，你就是為自己創造了文學藝術的黃金時代。

出門一笑大江橫

一九一八年，二十歲的張大千到日本學習織染，因為語言不通、興趣不大，第二年即返回上海，決定往藝術創作發展，為了打好書畫基礎，幾經多方打聽，先後拜曾熙、李瑞清為師學習書法。

雖然曾熙、李瑞清是當時名家，有一定的成就和影響力，但和張大千日後成就比起來，那就不算什麼了。

張大千中年以後即成為華人畫家翹楚，成就之高，不是五百年來一大千，而是稱之為「五千年來一大千」亦不為過。即使如此，直到晚年，張大千談到曾熙、李瑞清還是充滿敬仰、感恩之情，也不斷強調，他那手獨一無二的書法風格就是歸功於曾熙、李瑞清兩位老師的教導。

二〇一三年，當時臺灣書畫篆刻界輩份最高的吳平，以九十四歲高齡於中華文化總會舉辦個展，為了個展而特別錄製的紀錄片中，吳平侃侃而談的，不是自己的書畫、篆刻的創作心得和成就，而是細數中日戰爭時期，他和老師鄧散木通過通信學習的往事。

鄧散木是當時上海最有名的篆刻家之一，但以當時交通條件，鄧散木的名聲再大也不可能影響海外，一九四九年吳平到臺灣，也就把鄧散木的篆刻藝術在臺灣傳承下來，鄧散木的風格也因此成為臺灣篆刻的主流風格之一。

江兆申先生生前是故宮博物院副院長，是享譽國際的博物館一流學者、書畫鑑定專家，和首屈一指的書畫大師，然而提到自己的藝術生活，還是從年輕時跟隨溥心畬先生學習的經驗談起，感恩之心，溢於言表。

江兆申初到臺灣的時候非常貧困，一九四九到臺灣後即投書溥心畬求錄為弟子，到一九六四年溥心畬過世，赤手空拳來臺的江兆申為生活而四處遷居、奔波，住過臺北、宜蘭、基隆，做過政府小職員、中學老師，每月只能存下一次從基隆到臺北的車資，就是只為到臺北探望老師。

溥心畬是舊王孫，書畫皆精，是華人世界唯一一個能與張大千齊名的畫家，然而溥心畬並未指導江兆申書畫，而是開了一系列的書單要江兆申研讀，江兆申這段時期年表，記錄就是各種書籍的閱讀，而每次見面，江兆申和老師談的，就是一個月來的讀書心得。

後來，江兆申成為張大千之後聲望最崇隆的「文人畫家」，但在他的形容中，溥心畬依然是仰之彌高、高山仰止的老師，講到自己的藝術生活時，談最多的，還是和老師那樣清淡如水的學習過程。

前輩書畫家令人敬佩的地方，除了深湛的功夫，更重要的就是他們的涵養、修為，而他們的涵養修為之所以日益深厚，主要因為他們對老師的感恩之心。

雖然張大千、吳平、江兆申的成就都非常高，但他們書畫成就中不斷累積的厚度，都可以說是來自老師們所展示出來的境界，那個境界既是他們年輕時追求的目標，也是晚年不減景仰的成就。

老師們的境界，正是吸引大師們追求藝術的「初心」，是那樣的境界引領學習不斷深入，才有後來更上層樓的可能。

從某一個角度來看，不管後來的學習者成就多高，當初讓他們著迷景仰的、老師所展示的那個境界，都是他們無法超越的，因為那裡面有一種只有屬於那個時代才能具備的特色，張大千的書法沒有曾熙、李瑞清那種濃厚的碑意、吳平篆刻沒有鄧散木那樣純粹的古樸，江兆申的繪畫沒有溥心畬那種不食人間煙火的清清，那些都是只能學習、無法超越的境界，只有懂得緊緊記住、追求、追求那樣的感覺，日後的發展才有可能深入而產生厚度。

所以張大千、吳平、江兆申對老師的景仰，並未因為他們各自後來的成就有絲毫的減損。

張大千的成就遠過其師，吳平、江兆申的成就也不遑多讓於鄧散木與溥心畬，但他們並不忘本，因為他們知道老師教導的一切，是他們所有成就的根基。

傳統書畫的教學是屬於比較「傳統」的教學方式，學生跟老師學的，不只是書畫知識、技術，更多的是待人處事的道理。

當然，大師們通常會有很多仰慕來學習的學生，人數多了，難免品性不一，諸多大師都經歷過一些學生背叛的不愉快經驗，這樣的學生很多是藉著老師的名義在招搖撞騙，或製作老師的假畫牟利，更過分的做出許多欺師滅祖的事，不但絕口不提老師的教導之恩，甚至四處造謠、批評老師。

這樣的學生在書畫界並不少見，許多敢於背叛師門的人其實能力、天資都高人一等，甚至有可能是原來師門中比較傑出的人物，正是因為能力出眾，所以才迫不及待的想要自立門戶。

然而幾乎沒有例外，這種背叛師門的人永遠不可能在書畫界立足，因為沒有一個書畫家會容忍這樣的事情，很顯然，即使是那些背叛的人都不會容忍別人的背叛，所以在書畫的江湖中，背叛者通常沒有生存的空間，張大千一輩子收過數百位學生，能留下名來的，那些出門而去的，一個都沒有。

元好問〈論詩三十首〉中有一首寫阮籍說：

縱橫詩筆見高情，何物能澆塊壘平？
老阮不狂誰會得，出門一笑大江橫。

一般的解釋是說，「阮籍不這樣猖狂就沒有人會認得他，他出門大笑一聲，便有大江橫流的氣概」。

事實上，阮籍的狂是裝出來的，是為了避免捲入當時政治的黑暗而做的樣子，他裝狂的目的，不是為了引入注意，而是希望因此沒人會把他當一回事，因此他那出門一笑恐怕也是無奈居多，或者氣概再大，也都有一條大江橫在眼前無法跨越。

所有的藝術大師都是站在別人的肩膀上才能走得更高更遠，沒有哪一個藝術家是憑空獨創的，所謂繼往開來、承先啟後，無不說明所有的創作必然來自深厚的基礎，那也就是大師們年輕時候所遇見的，老師們曾經展示的、大江橫前般的境界。

寫書法是作者兩個女兒的日常作息

當代名家
筆花盛開：詩酒書畫的年華

2020年9月初版　　定價：新臺幣350元

著者	侯吉諒
叢書主編	李時雍
校對	卞獨敏
	黃亭珊
	施亞蒨
內文排版	極翔企業
封面設計	賴佳韋

出版者	聯經出版事業股份有限公司	副總編輯	陳逸華
地址	新北市汐止區大同路一段369號1樓	總編輯	涂豐恩
叢書編輯電話	(02)86925588轉5319	總經理	陳芝宇
台北聯經書房	台北市新生南路三段94號	社長	羅國俊
電話	(02)23620308	發行人	林載爵
台中分公司	台中市北區崇德路一段198號		
暨門市電話	(04)22312023		
台中電子信箱	e-mail：linking2@ms42.hinet.net		
郵政劃撥帳戶	第0100559-3號		
郵撥電話	(02)23620308		
印刷者	文聯彩色製版印刷有限公司		
總經銷	聯合發行股份有限公司		
發行所	新北市新店區寶橋路235巷6弄6號2樓		
電話	(02)29178022		

行政院新聞局出版事業登記證局版臺業字第0130號

本書如有缺頁，破損，倒裝請寄回台北聯經書房更換。　ISBN 978-957-08-5603-3 (平裝)
聯經網址：www.linkingbooks.com.tw
電子信箱：linking@udngroup.com

國家圖書館出版品預行編目資料

筆花盛開：詩酒書畫的年華/侯吉諒著．初版．
新北市．聯經．2020年9月．296面＋8面彩色．
14.8×21公分（當代名家）
ISBN 978-957-08-5603-3（平裝）

863.55 109012045